너의 알다가도 모를 마음

김언 시집

문학동네시인선 102 김언

너의 알다가도 모를 마음

시인의 말

대부분 시가 아니라고 생각하고 썼다.
시라고 생각하고 썼으면 달라졌을까?
달라진 만큼 다른 글이 되고 다른 운명을 맞이했을까?
알 수 없는 일이지만, 이미 일어났다.
일어나고 있다.

아직까지 아무것도 모르는 기억이 있을 것이다.

2018년 3월
김언

차례

시인의 말 005

1부
칼맛과 살맛 012
갑오징어와 을오징어 013
짐과 집 014
소식 015
물고기와 불고기 016
문신 018
격군 019
예민한 사람 020
아픈 사람 021
혼자 있는 사람과 아무도 없는 사람 022
혼이 담긴 담배 024
마음이 026
홀로 027
신혼여행 028
영광된 하늘 030
환상의 나라 032
생각하는 사람 034
직립 036

왼손이 하는 일을 오른손이 어떻게 알까? 037
입과 손아귀 038
저수지다운 사건 039
장화 신고 묘지 가기 040
장화 신고 묘지 가기 2 041

2부

장소 046
동반자 048
진술서 052
증언 053
제보자 056
약속해야 한다면 이렇게 058
사과 폭탄 060
행복한 망언 가게 062
식물과 선물 066
집 071
나를 찾는 사람들 072
내가 등장하지 않는 소설 074
마르케스가, 마르케스를, 마르케스에게 078

왕은 죽어서도…… 080
검은색 륙색 가방 081
부산 082
한창때 083
진짜 시인 084
정가 085
성깔 있는 개 086

3부

피살자 088
변사체 089
시체의 친구 090
문장 감식반 092
먼지 행성의 주민들을 위한 무관심한 노트 095
전쟁과 평화 099

해설|문장-사유-주체 103
—'쓰다'와 '발생하다'의 변증법
|조재룡(문학평론가)

1부

칼맛과 살맛

칼맛을 아는 자와 살맛을 아는 자가 만나서 싸웠다. 한바탕 격전을 치르고 나서 칼맛을 아는 자가 말했다. 내 살을 남김없이 바쳐도 아깝지 않은 맛이야. 인정! 그러자 살맛을 안다는 자가 대꾸했다. 내 칼이 제대로 임자를 만났군. 그 맛에 푹 빠져서 나올 생각을 하지 않으니 말이야. 그는 살에 담긴 칼을 빼지 않고 돌아갔다. 살과 칼은 서로를 맞물고 놓지 않았다. 마치 천생연분인 것처럼 각자의 집을 허물고 한 집에 붙어살았다. 칼집이 아니면 살집인 그 집에서.

갑오징어와 을오징어

둘은 일관된 앙숙이었다. 둘이 화해할 기미가 보이지 않자 제삼자가 나섰다. 제삼의 인물은 어느 편도 들 생각이 없었지만, 이쪽을 만나면 이쪽에서 저쪽을 만나면 저쪽에서 다른 말이 나오는 것을 부정하고 싶은 생각도 없었다. 이쪽은 이쪽대로 옳은 말이고 저쪽은 저쪽대로 사정이 있었으니 둘 다의 말을 종합하면 어느 쪽도 만족할 만한 말을 들려줄 수 없었다. 그래서 돌아오는 말이 너는 누구 편이냐? 둘 중 하나만 택하라는 말을 수도 없이 들어왔지만 그는 일관되게 제삼자였다. 소주 한 병에 오징어 두 마리면 충분한 사람이었다.

짐과 집

짐이 많아서 이사 가기가 힘들다. 이 짐을 다 어찌해야 할지 몰라 가까운 사람들에게 요청했다. 가지고 싶은 것이 있으면 무엇이든 가져가라고. 단 내게 꼭 필요한 물건들만 빼고. A가 와서 소파를 가지고 갔다. 나한테는 필요 없는 물건이다. B가 와서 티브이를 가지고 갔다. 이 또한 필요 없는 물건이다. C가 와서 냉장고를 짊어지고 갔다. 저 또한 필요가 없는 물건이다. D가 와서 책상과 의자와 책꽂이와 그리고 산더미 같은 책을 트럭에 싣고 갔다. 아까워해봤자 더는 필요가 없는 물건이다. 남아 있는 물건이 하루하루 줄어들수록 나의 고민도 하루하루 줄어들고 드디어 홀가분한 마음으로 이사할 수 있는 날이 다가왔다. 이삿날 친구들이 나의 이사를 돕겠다고 찾아왔다. 짐이라곤 나 하나뿐이라는 사실을 알고는 으쌰으쌰 힘을 모아서 새집으로 나를 옮겨놨다. 나는 얌전히 새로 지은 집에 들어가서 누워 있다. 너무도 편안한 자세로 누워서 가끔은 이런 생각을 한다. 이 또한 내게 꼭 필요한 물건이었을까?

소식

그 소식이 여기까지 도착하려면 아직 멀었다. 소식을 기다리는 사람이 거의 절명 직전인데도 그 소식은 멀리서 멀리서만 오고 있다. 그것이 언제 도착할까. 내가 죽고 난 뒤에? 내가 죽고 나서 도착하는 소식은 지금까지 달려왔던 길보다 더 먼 길을 눈앞에 두고 있다. 어쩌면 영영 도달하지 못할 소식을 기다리는 사람이 다 죽어가는데도 소식은 어디까지 왔는지 기별조차 없다. 짐작조차 할 수 없는 곳에서 한 사람이 죽어가고 있다. 거의 죽기 직전이다. 죽어서도 기다려야 하는 소식이 있다면 나는 어디에서 기다려야 할까. 알 수 없는 곳에서 들려오는 말발굽 소리가 귓속에서 쩌렁쩌렁 울리지만 그것은 귓속의 일. 귓속에서만 들리는 일. 소식은 아직 오지 않았다. 내가 죽고 나서도 오지 않을 것이다. 내가 죽고 나서도 도착하는 소식은 한숨을 돌리기도 전에 몰려오는 피로에 쓰러진다.

물고기와 불고기

둘 중 어느 고기로 하시겠습니까?
어느 고기라도 좋습니다. 먹을 수만 있다면.
그는 주방으로 가서 물고기를 내어왔다.
맛이 좀 비리군요.
아무래도 물고기니까요. 다른 걸로 내어드릴까요?
내가 주저하자 그는 주저 없이 주방으로 가서
다른 고기를 내어왔다.
비린 맛은 없을 겁니다.
살아 있는 맛도 없는 고기네요.
아무래도 불에 달군 고기니까요.
다른 고기는 없습니까?
그는 잠깐 멈칫하더니 다시 주방으로 갔다.
한참을 지나도 나오지 않았다.
도대체 어떤 고기를 준비하는 걸까?
상상할 수 있는 모든 고기를 상상하고 있을 때
주방에서 그가 나왔다.
손에는 고기 한 점이 들려 있었다.
식탁 위에 턱 하니 내려놓는 그의 손에서
핏물이 흘렀다. 지금 막 잡은 고깁니다.
어떤 고깁니까? 불에 닿지도 않았고
물에서 건져올린 고기도 아닙니다.
나는 물에서 건져올리지도 않고
불에도 닿지 않은 그 고기를

영문도 모르고 씹었다.
영문도 모르게 맛있었다.
그 고기가 식도를 타고 내려갔다.
십 년 묵은 체증이 다 내려가는 것 같다.
이제 어떤 고긴지 아시겠습니까?
나는 말없이 고개를 끄덕이고
식당을 나왔다.
잇속에 낀 누군가의 살점을 마저 씹으면서
장례식장으로 가는 길을 곰곰이 생각했다.

문신

용이 되겠다고 찾아온 사람이 있었다.
그래서 용을 그려주었다.

호랑이가 되겠다고 찾아온 사람이 있었다.
그래서 호랑이를 그려주었다.

이번에는 여자가 되겠다고 찾아온 사람이 있었다.
어디다 그려줄까?

그는 가랑이를 벌리고 누웠다.
여기다 그려주세요.

그래서 그려주었다.
아이 머리 하나를 그려주고 돌려보냈다.

이번에는 남자가 되겠다고 찾아온 사람이 있었다.
그도 가랑이를 벌리고 누웠다.

어디다 그려줄까?
방금 전에 나온 그 아이를 도로 넣어주세요.

격군

저 안에 들어가면 죽기 전엔 나올 수가 없다. 죽기 전엔 나올 수가 없기 때문에 들어가는 걸 망설이는 사람도 한번 들어가면 도무지 나올 생각을 하지 않는다. 그는 죽어서야 나온다. 나온다는 생각도 없이 나오는 그가 사람으로 보이는가. 시체로 보이는가. 그는 개의치 않고 나온다. 때를 가리지 않고 나온다. 누구라도 나온다면 누구라도 들어가야 하는 곳에 자리가 있다. 자리는 비어 있다. 사람보다 오래가는 자리는 사람보다 오래 자리를 비워두지 않는다. 누구라도 가서 앉아야 한다. 죽을 때까지.

예민한 사람

물방울 하나가 떨어져서 옷이 젖었다. 너무 예민한 사람은 다 젖어버린 옷을 들고 세탁소로 찾아간다. 이걸 어찌하나요? 세탁소 주인은 예의 그렇듯이 무덤덤하게 반응할 것이다. 하루면 됩니다. 내일 오시죠. 너무 예민한 사람은 내일 찾아가서 세탁을 끝내고 말끔하게 다려놓은 옷을 찾아올 것이다. 다행히도 내일의 날씨는 맑다. 지나치게 맑다. 지나치게 맑고 화창해서 햇빛이 금방이라도 후드득 떨어질 듯하다. 금방이라도 색이 바랠 것 같은 옷을 들고 한 사람이 걸어간다. 한 사람이 걸어오고 있다. 털끝 하나라도 건드리면 안 되는 사람이 걸어오고 있다.

그를 어떻게 지나쳐야 할까?

아픈 사람

아내는 아프다고 말하고 방에 들어가서 누웠다. 나는 아픈 사람을 돌보는 데 지쳤다. 아픈 사람은 돌본다고 나아지는 것이 아니다. 돌보는 시간만 늘어날 뿐이다. 생각이 여기까지 미쳤다는 게 이미 지쳤다는 증거. 내가 아픈 사람을 두고 떠날 수 있을까? 떠나고 싶다는 생각이 굴뚝같이 치밀어도 아직까지 연기를 내보낸 적은 없다. 연기를 내보내더라도 연기를 따라간 적은 아직까지 없다. 연기처럼 날아간다면 훌훌 부담이나 가책 따위는 벗어버리고 아내도 없고 나도 없는 곳에 가서 살 것 같다. 아내도 없고 나도 없으니 책임질 일은 아무것도 없는 곳에서 나는 책을 읽고 있다. 책을 읽다보면 무언가가 써진다. 무언가가 써진다면 그것이 문학일까? 시일까? 아니면 참회록일까? 그것이 무엇이든 무언가가 써질 거라는 믿음으로 나는 짐을 싼다. 한 짐도 안 되는 짐을 싸고 나는 문을 열고 나갔다. 들어올 때는 그렇게도 신나게 굴뚝을 파고들더니. 속이 새까매져서야 달아나는 이 남자의 심경은 아무리 읊어봐야 지금은 읽을 것이 못 된다. 참회록은 먼 훗날에나 쓰라고 생겨난 문학일 것이다.

혼자 있는 사람과 아무도 없는 사람

둘이 무슨 차이가 있을까. 혼자 있다는 건 자기 말고는 아무도 없다는 것. 아무와도 아무런 관계가 없다는 것. 없어진다는 것. 정말로 혼자 있다면 그 누구를 지우기 전에 관계부터 지워야 한다. 대상이 문제가 아니라 관계가 문제였으니. 관계부터 지우자. 너라는 대상이 아니라 너라는 관계. 그라는 한 사람이 아니라 그라는 관계를 통째로 지우기 위해 나는 혼자 있다. 너도 혼자 있다. 둘 다 아무도 없다는 점에서 동일하지만 서로 만날 일은 없다. 혼자 있기 때문에. 혼자 있어야 하기 때문에 관계를 삭제한 사람들이 모여 있는 마을은 그래서 없다. 아무도 없는 마을. 아무도 없는 마을에서 혼자 있는 사람과 혼자 있는 사람이 걸어다닌다. 도무지 마주칠 일이 없는 사람끼리 걸어다니고 돌아다니고 쉬기도 하면서 하루를 보낸다. 내 옆에 누군가 있다는 생각도 관계. 내 곁에 나도 모르는 누군가가 쉬고 있다는 생각도 일종의 관계. 그래서 생각을 지운다. 생각을 지우기 위해 나를 지워야 하는 것. 그것이 혼자 있기의 정수. 혼자 있기의 진실. 혼자 있기의 불가능한 실현을 돕기 위하여 죽음이 있고 자살이 있고 때로는 타살도 필요하다. 그렇게도 혼자 있고 싶어 했으니 누군가라도 도와줘야 한다. 혼자 있도록 영원히 그리고 완전무결하게 혼자 있는 상태를 실현하도록 도와주는 죽음. 누가 관여했건 무엇이 원인이 되었건 어떤 사건이 발단이 되었건 상관없이 결과적으로 아무도 없는 죽음이 혼자 있는 나를 돕는다. 결정적으로 돕는다. 혼자 있는지도 모르는 나를 실현한다. 아무도 없는 곳에서 나는 혼자 있다. 누구도 없는 곳에서 너도 혼자 있다. 둘은 만나봐야 서로를 알아보지 못한다. 각자를 생각하지도 못한다. 각자의 생각조차 씨가 마른 곳에서 아무도 없는 몸이 태어난다. 혼자 있는 생각이 만개한다.

혼이 담긴 담배

그때 나는 혼이 담긴 술을 마시고 있었는데, 누군가 혼이 담긴 담배를 피우며 다가왔다. 술맛이 어떻소? 반쯤 혼이 나간 듯한 목소리로 그가 물었다. 내 대답은 정해져 있지 않았지만, 말은 할 수 있었다. 얼떨떨하군요. 혼이 나갈 정도로 얼떨떨한 그것을 한잔 권하자 그 역시 담배 한 대를 꺼내어 나에게 권한다. 둘 다 혼이 나간 상태로 술과 담배를 나눠 마시고 나눠 피우고 그러다가 술도 떨어지고 담배도 다 떨어졌을 때 혼이 담긴 담배를 피우던 그가 말했다. 같이 가시겠소? 그럽시다. 일어나면서 비틀비틀하는 나를 부축하기는커녕 그 역시 비틀비틀하는 나에게 기대어 혼이 있을 만한 곳으로 가는 길을 안내했다. 우리는 함께 가는 것이라오. 그의 걸음에 실려 가는 내가 어쩐지 그의 걸음을 이끌고 가는 듯했다. 함께 가는 거니까 누가 누구를 이끌고 가든 혼이 있는 곳이 나오기만 하면 무슨 상관이랴마는 그 길은 너무도 멀고 험한 것 같았다. 아직도 술집 앞을 못 벗어난 것 같은 그의 걸음에 기대어 나의 걸음이 비틀비틀 멈춰 섰다. 그리고 말했다. 여기서 헤어집시다. 너무 멀리 온 것 같소. 가야 할 길도 너무 먼 것 같소. 험하다는 말은 미처 꺼내지도 못했을 때 그가 말하는 소리가 먼 메아리처럼 밀려왔다. 나를 놓지 마시오, 혼이 나간 양반. 당신을 놓지 않으리다, 혼이 나간 양반. 술도 떨어졌고 담배도 떨어졌으니 각자가 갈 길은 이미 정해졌는지도 모르는데, 그가 말하는 소리가 먼 메아리처럼 다시 요동쳤다. 우리는 같이 가야 할 거요.

혼이 있는 곳으로 비틀비틀 걸어가는 그를 향해 내가 해줄 수 있는 말은 없었다. 당신을 놓지 않으리다, 혼이 나간 양반. 그리고 몸에서 혼이 빠져나가듯 스르르 빠져나가는 내 목소리를 들었다.

마음이

말을 하려고 태어났다. 말을 하지 못해서 태어났지. 누구든 내 잠을 깨운다면 그 말을 하겠네. 나는 쫓겨날 줄 알았고 쫓겨나서도 쫓겨나는 줄 알았고 그래서 네 발을 핥고 측은한 표정을 지었다고 말하겠지. 나를 버렸으니 네가 불쌍한 거야. 네가 가슴 아픈 거야. 그걸 모른다면 몰라서 더 불쌍한 너의 발을 핥고 빨고 씻어주었지. 말 못 하는 내가 오늘은 어디서 잠을 이루고 오늘은 누구한테서 음식을 받아먹고 또 오늘은 어느 집 개에 몰려서 쫓겨다닐까? 죽었다고 한다면 안심이 될까? 네 마음. 살았다고 한다면 한숨을 놓을까? 너의 알다가도 모를 마음. 나는 마음인데. 나도 마음이고 너도 마음인데 말 못 하는 내가 말 못 하는 내게 하는 말을 어찌 알겠니? 잘 가라는 말도. 미안하다는 말도. 울먹거리는 말도 나는 다 알아듣는데 나는 기어이 모르고 있다네. 몰라서 잠들었다네. 어느 길바닥에 나를 맡겨버리고 돌아간 너의 흰색 승용차를.

홀로

홀로 있으면 홀로 외로워진다. 둘이 있으면 둘이 외로워진다. 언젠가는 지독하게 부닥칠 것이다. 나보다 더 외로운 사람과 나보다 더 혼자 있는 사람과 나보다 더 오래 살 것 같은 사람. 외로움을 겨루기에는 둘 다 너무 외롭다. 이쯤에서 내가 졌다고 포기해버리기에는 그가 너무 병들었다. 오래 살지도 못할 거면서 오래 살 것처럼 떠벌리는 사람보다 훨씬 더 악독하고 지독하게 살고 있다. 독하게 마음먹으면 더 고독하게 외로울 수도 있지만 더 고독하게 외로운 것을 지켜볼 사람이 없을까봐 참는다. 이 정도로 족한 외로움을 겨우 만족하려고 그가 있다. 그가 없었다면 나도 없었을 외로움을 툴툴 털어내고 어디 멀리 여행이라도 가볼 생각으로 그를 붙잡고 일어섰다. 우리가 왜 같이 사는 걸까? 대화도 없는데 끊임없이 손을 내밀고 있는 이 관계는 오래가지 못할 것 같다. 그렇게 생각하면서 외로워지고 있다. 조금 더 외로운 그가 조금 더 외로운 나를 찾아왔을 때도 비슷한 배신감을 느꼈으리라. 이 외로움이 어디 가겠는가? 어디라도 가겠지만 내 손이 먼저 어딘가를 짚는다. 짚고 일어선다. 홀로 있으면 홀로. 둘이 있으면 둘이서. 허방 어딘가 무수히 짚고 일어선 흔적을 기대하시라. 기대는 배반하지 않는다. 오래 못 가서 떨어지고 있다. 누구라도 한 사람 더 외로워질 날을.

신혼여행

우리는 신혼여행중이었고 그래서 비행기 안에 있었다. 아니면 기차 안이나 버스 안에 있었을 것이다. 더 가난했다면 무엇을 타고 무엇에 속해서 가고 있었을까? 우리는 충분히 가난하지 않다. 충분히 가난하지 못해서 별 네 개짜리 호텔에서 하룻밤을 보내고 이틀 밤을 보내고 사흘 밤이 되는 날에도 우리는 호텔에 있었다. 304호이거나 403호이거나 거기서 거기인 별 네 개짜리 호텔에서 우리는 있었다. 사흘 밤을 보내고 나흘째 되는 날 우리는 떠난다. 버스를 타고 기차를 타고 혹은 비행기에 속해서 갈 것이다. 우리는 비행기 안에 있었다. 우리는 충분히 부유하지 않다. 충분히 부유하지 못해서 구석에 실려서 간다. 이 여행이 행복한가? 누군가 묻는다면 그럴 수도 있고 아닐 수도 있는 우리가 속한 구석을 먼저 생각할 것이다. 비행기는 쏜살같이 우리가 속한 장소를 바꾸어간다. 그래봐야 하늘에서 하늘, 땅에서 땅으로 옮겨가는 우리의 위치를 곰곰이 따져 묻는 일쯤이야 수도 없이 해봤던 것. 그래봐야 바뀌는 건 대답이 아니라 장소. 장소가 아니라 또 무엇이 있어서 우리는 비행기 안에 있고 호텔에 있고 304호에 있고 403호에도 있고 처음 가보는 공원에도 있고 박물관에도 있고 시장에도 있는 우리가 되었을까? 장소가 아니라 또 무엇이 있어서 감옥에는 없고 전장에도 없고 응급실에도 없는 우리가 되었을까? 또 무엇이 있어서 당신은 요양원에 있고 납골당에 있고 끝내는 아무도 없는 곳에 있을까? 우리는 가고 있다. 우리는 신혼여행중이었고 처음 출발했던 공항으로 돌아와서 짐을 찾는다. 우리와 함께 실려왔던 짐을 택시에 싣고 혹은 버스에 싣고 새로 장만한 집에 가서 있기 위하여 몸을 싣는다. 당신은 행복한가? 나는 아니라고 말 못 한다. 그렇다고도 말 못 한다. 그저 여기에 있다는 사실뿐. 행복할 줄도 불행할 줄도 모르는 짐과 함께. 어쩌면 당신이라는 참으로 이상한 장소와 함께. 고달프게 고달프게 여행을 마치고 왔다. 우리는 신혼여행중이었고 한밤중에 도착해서 아무 소리도 내지 않았다.

영광된 하늘

영광된 하늘을 보여주고 싶은데, 영광된 하늘은 없다. 무슨 영광을 바라자고 하늘이 있겠는가. 하늘은 있다. 밤하늘도 있고 낮이 되는 하늘도 있고 꿈만 같은 하늘도 있지만 영광은 안 보인다. 영광이 되는 하늘은 그럼 어디 가서 찾나? 없다고 하는데도 찾는 사람들이 있다. 그들에게 물어보라. 무슨 영광을 바라자고 그러느냐고. 그들이 말할 것이다. 단 한 분의 목소리로 말할 것이다. 그분이 영광이다. 그분이 하늘이며 그분이 땅에 내려오셨다고. 내 손에도 쥐여주고 싶은 그 영광이 안 보이느냐고. 나는 안 보인다고 말하기가 뭣해서 증정용 휴지를 대신 받아왔다. 나는 그것으로 코를 풀 것이다. 나는 그것으로 뒤를 닦을 것이다. 나는 그것으로 더 유용하게 쓸 곳이 없나 고민하지 않을 것이다. 물론 영광을 더럽힌다는 생각도 하지 않을 것이다. 영광은 영광이고 내 손에는 지금 휴지가 쥐어져 있다. 그들이 건네주고 간 휴지. 그들이 영광이라고 말하는 휴지. 그 휴지를 잔뜩 싸들고 영광된 땅을 돌아다니는 그들을 더는 못마땅해 하지도 않을 것이다. 그들은 그들이고 휴지는 휴지니까. 고마운 휴지를 어찌 욕하겠는가. 다 쓸 때까지 한 장씩 두 장씩 빼내 쓰고 있는 그 휴지를 또 어디 가서 구하겠는가. 휴지는 소모될 때까지 휴지다. 영광은 그럼 언제쯤 소모될까? 그들의 영광. 그들의 하늘. 그들의 땅에서 영광은 죽을 때까지 영광이다. 죽고 나서도 영광이다. 그 영광을 어디 가서 구하겠는가. 그분이 아니면 또 사람이겠지. 두 손에 가득 영광을 들고 다니는 사람들.

환상의 나라

매일 환상의 나라에서 전화가 온다. 환상의 나라에선 하루도 거르지 않고 내 전화번호로 전화를 걸어온다. 받으라고, 받으라고 환상의 나라 번호가 매일같이 화면에 뜨지만 나는 안 받는다. 어느 순간부터 받지 않고 있다. 누가 가르쳐줬는지 모르겠지만 내 전화번호도 환상의 나라에 기재가 되어 있는 모양이다. 환상의 나라에서 근무하는 직원들이 돌아가면서 내 전화번호를 누르고 돌아가면서 자신들의 환상적인 목소리를 들려줄 준비를 매일같이 하는데, 나는 안 받는다. 어느 순간부터 전혀 받지를 않고 있다. 그 목소리가 지겨워졌기 때문이다. 그 목소리가 어느 순간부터 진저리나게 싫어졌기 때문이다. 받아봐야 매번 똑같은 소리다. 환상의 소리다. 환상이 되어가는 소리이거나 환상이 되어버린 소리이거나 환상이 되지 않으면 다른 환상이라도 해보라고 권유하는 목소리. 환상의 본분에 충실한 그 소리는 환상은 끝이 없다는 소리와 다를 바 없이 집요하고 끈질기다. 그 소리는 끝나지가 않는다. 끝날 줄을 모른다. 끝난다면 환상이 아니므로 환상의 나라는 오늘도 내일도 계속해서 전화를 걸 것이다. 새로 나온 환상 하나를 소개할 것이다. 방금 나온 따끈따끈한 환상 하나를 권유할 것이다. 때로는 차분하게 때로는 간곡하게 때로는 목청을 높여가며 내 귀에 꾹꾹 심어주는 환상의 품목들을 나는 들을 만큼 들었다. 이미 충분히 들었다. 그럼에도 남아 있는 환상은 많다. 내가 미처 듣지 못했던 환상도 많다. 너무 많아서 더는 들어줄 수 없는 환상 가운데 어떤 것은 기어이 내 귀를 뚫고 들어온다. 오늘 아침의 환상이 그랬다. 잠결에 받은 전화 하나가 또 환상일 줄이야.

생각하는 사람

무엇이든 생각하는 사람이 있어야겠지만 아무도 생각하는 사람이 없다. 생각을 옮기는 사람은 있다. 옮긴 생각을 다시 옮기는 사람은 있다. 생각은 와전된다. 생각도 없이 걸려든 소문에 내가 있거나 네가 있거나 누가 있거나 상관없이 생각은 커진다. 아무도 생각하는 사람이 없는데 그 말조차 의심하는 사람도 없는데 생각이 커진다. 아주 큰 생각이 도시를 덮었다. 아주 큰 도시를 덮었다. 아주 작은 마을은 거론조차 하지 않는 생각. 생각조차 하지 않는 생각은 그보다 더 작은 마을에서 마을로 생각을 옮겨다닌다. 생각은 이제 생각이 미치지 않는 곳까지 생각을 미쳐서 퍼뜨린다. 생각에 넘어가지 않는 사람이 누구인가. 어디 있는가. 어디 숨어서 무슨 생각을 하고 있는가. 그걸 색출하기 위해서라도 생각은 구름처럼 몰려가서 비를 뿌리고 어디 한군데 스미지 않는 곳이 없나 한번 더 살피면서 물기를 남기고 물길을 만들고 습기도 담뿍 먹여놓고 돌아온다. 그곳은 생각이 점령한 곳이다. 그 마을은 생각이 짓밟고 간 마을이다. 그 도시는 온통 생각으로 파괴되었다가 다시 일어서기를 몇천 년째 반복하고 있다. 남아 있는 유적이라곤 생각의 자취와 파편과 그리고 생각의 기념탑. 전승탑. 무엇보다 생각이 다시는 생각으로 함몰되지 않도록 세워놓은 생각의 학교. 생각의 선생. 생각의 학생들이 생각의 교과서를 들고 이 나라를 걱정한다. 생각으로 단련된 이 나라를 침범하고 지배하고 걱정까지 하는 군대는 물러갔다. 군대보다 더 단단한 생각으로 물리친 생각의 공화국에서 저마다 신성한 한 표를 행사하는 생각의 선거. 생각의 보궐선거. 생각의 다음 선거가 이어졌다. 이번에도 생각이 이겼다. 다른 생각을 누르고 근소한 차이의 열세를 극복하고 마침내 역전극을 이루어낸 생각이 선서한다. 생각은 생각 앞에서 연설한다. 자신의 생각을. 그리고 모두의 생각을 마치 한 사람의 생각처럼 똘똘 뭉쳐서 선언한다. 우리는 하나라고. 하나의 생각 앞에서 다른 생각에 몰두하는 다른 모두의 생각까지 아울러서 생각은 빛난다. 생각은 하나다. 국가가 둘이 아닌 것처럼. 둘로 쪼개지면 곧 하나의 생각으로 싸워야 하는 것처럼. 그 생각이 그 생각의 피를 부르기 전에 우리는 생각한다. 생각하는 사람이 여기 있다고. 생각하는 사람이 저기에도 있다고. 아니면 어디에도 없는 그 생각이 어디에서 나고 자라고 뿌리를 내리겠느냐고. 생각은 여기 있다. 이것이 바로 집이라고.

직립

일어서면서 가장 긴 뒷다리를 가졌다. 땅을 짚고 일어서면서 그의 앞발은 부드러워지고 자유로워지고 마침내 심심해졌다. 그가 아는 유일한 단어는 아직 비명. 경고. 구애. 협박. 가끔은 흉기 없는 반란을 심심해하는 복종. 아직은 인내. 일어서기 전에 그는 충분히 기어다녔다. 일어서기 위하여 그는 충분히 이빨을 갈고 손은 훨씬 부드러워졌다. 그는 생각한다. 생각이라는 걸 생각한다. 울음보다 먼저 생각이 고이고 생각보다 무거워진 대가리를 치켜들고 한 손에는 흉기를 집어들고 마침내 일어선다. 그는 가장 긴 다리를 가졌다. 그는 충분히 바빠졌다. 발밑에는 대부분 다른 가죽이 깔리고 반들반들 빛나는 그의 얼굴은 너무 높아서 보이지가 않는다. 까마득히 올라가서 햇빛 속으로 들어가버렸다. 들리지도 않는 그 목소리를 강철 같은 두 다리가 성큼성큼 옮겨간다.

왼손이 하는 일을 오른손이 어떻게 알까?

나는 나의 왼손이 어디서 헤매고 있는지 알 수 없다. 틀림없이 누군가의 기억 속을 더듬고 있겠지만, 그것만으로 나의 왼손이 누군가의 통제 속에 있다고 말할 수 있을까? 왼손은 여전히 왼손의 길을 간다. 왼손은 여전히 왼손의 일을 찾아서 방황한다. 나의 왼손은 왼손이 머물 만한 곳을 찾아서 멀리 있는 친구 집의 문을 두드린다. 아무도 문을 열어주지 않는다. 얼굴도 안 보이는 친구의 태도는 쌀쌀한 것도 무뚝뚝한 것도 아니다. 친구는 다른 친구의 집을 찾아 떠났다. 혼자 남은 그의 오른손이라도 문을 열어주기를 애타게 기다리지만, 왼손이 하는 일을 오른손이 어떻게 알겠는가? 오른손이 하는 생각을 왼손이 어떻게 알겠는가? 둘은 박수칠 때도 만난 적이 없다. 둘은 악수할 때도 마주친 적이 없다. 둘은 승리를 자축하는 하이파이브를 할 때도 따로 있었다. 왼손은 여전히 왼손의 길을 간다. 오른손 혼자 춥고 배고프고 외로운 방안에서 창밖을 본다. 날개 없는 사람들이 잘도 날아다니고 있다.

입과 손아귀

입은 벌리면서 말한다. 손은 벌리면서 구걸한다. 둘이 요구하는 것은 하나다. 비어 있으면 넣어달라고. 넣어줬으면 여기를 떠난다. 여기서는 다 벌렸다. 손은 구걸하러 떠난다. 입은 침묵하고 떠난다. 음식을 가득 문 채.

저수지다운 사건

저수지에는 빠져 죽은 사람이 없다. 저수지에는 빠져 죽은 사람을 건져올리는 사람도 없다. 저수지에는 한겨울 얼음이 얼기를 기다려 낚시하는 사람도 없다. 저수지에는 언제 미끼를 물어야 할지 알 수 없는 물고기들이 없다. 저수지에는 산란하는 물고기의 알을 주렁주렁 매달고 있는 물풀이 없고 수초도 없고 같은 말을 무한정 되풀이하는 개구리의 울음소리도 없다. 높았다가 낮았다가 사라지는 잠자리의 교미 비행이 없고 비행이 없으므로 교미하는 하늘도 없는 수면 아래 잠긴 물이 없다. 저수지에는 저수지가 담긴 물도 없다. 물이 없으니 저수지에서 저수지를 찾는 일도 없다. 그렇다면 어디 가서 저수지를 찾겠는가. 저수지다운 사건을 찾겠는가. 사건이 없으므로 저수지는 저수지를 회복중이라고 저수지 앞에 세워놓은 팻말 앞에서 나는 저수지 찾는 일을 포기했다. 이제 그만 놓아주기로 다짐하고 저수지를 놓아주었다. 저수지는 어디로든 갈 것이다. 어디로든 흘러가서 어디로든 흘러들 것이다. 어디에도 정착하지 않는 물이 맨 처음 그리했던 것처럼. 저수지만 남겨놓고 떠나버린 그 물을 찾는 것도 함께 포기했다. 저수지는 회복중이다. 바닥부터 차오르고 있다. 바닥까지 내려가서야 차오르는 물을 삼켰다가 내뱉다가 거의 절명 직전이 되어서야 떠오르는 물고기를 다시 놓아주고 있다. 저수지답게. 저수지다운 행동으로. 그 시체를 보관하고 있다.

장화 신고 묘지 가기

그 소설에는 장화가 몇 번 등장하지 않는데 이상하게 모두 묘지를 향해 간다. 평소에는 잘 신지도 않는 장화가 위급한 순간에는 꼭 나타나서 묘지를 향해 간다. 스스로 살고 싶지 않을 때도 나타나고 누군가 죽이고 싶을 때도 나타나고 누군가가 정말로 나를 죽이려고 할 때도 장화는 꼬박꼬박 나타나서 묘지를 향했다. 칼과 함께 등장할 때도 다량의 수면제에 섞여서 등장할 때도 심지어 물에 빠져서 허우적대는 와중에도 구명대나 작대기 대신 등장하는 장화는 꾸역꾸역 제 역할을 다하고 떠난다. 누군가를 살리고 떠난다. 무언가를 살리고도 떠난다. 칼이 아니면 수면제라도 동원해서 그 길을 막아야겠지만, 장화는 떠난다. 물속에서도 떠나고 물 밖에서도 떠나고 심지어 자다가도 떠난다. 아무도 장화를 막을 수 없다. 어떤 작가의 어떤 문장도 막을 수 없는 그곳에서 장화는 떠나고 있다. 두 번 다시 장화는 떠날 수 없다고 써놓은 문장도 바로 다음 문장에서 포기하고 떠난다. 장화는 내 것이 아니다. 장화는 누구의 것도 아니다. 장화는 묘지를 향해 간다. 저벅저벅. 때로는 소리도 없이 간다는 기척도 없이 장화는 떠난다. 묘지를 향해.

장화 신고 묘지 가기 2

장화를 신고 묘지를 가는 일은 언제나 번거롭다. 그렇다고 맨발로 갈 수는 없는 일. 무어라도 신어야 갈 수 있는 길이 우리 앞에 펼쳐져 있다. 묘지로 가는 사람은 한둘이 아니다. 살아서도 가고 죽어서도 가는 그 명단에서 나는 어느 쪽으로든 들어갈 수 있지만, 어느 쪽이 더 좋다고 말할 수 있을까. 그걸 확신하기까지 거의 전 생애를 소모하고 있는 몸이 오늘은 장화를 신는다. 내일은 묘지로 갈 것이다. 하루 전부터 장화를 신고 이틀 전부터 장화에 대한 생각을 시작하고 며칠 전부터 장화는 반들반들 윤이 나게 닦여 있었다. 반들반들 윤이 나기 때문에 생각도 반들반들 윤이 나면 좋겠지만 한 걸음만 떼어도 기다리고 있는 먼지. 두 걸음만 떼어도 반들반들 윤이 나는 생각은 일찌감치 포기해야 하리라. 그러지 않고서는 묘지로 갈 수 없다. 요컨대 장화는 반들반들 윤이 나는 생각이 뒤범벅되면서 묘지로 간다. 뒤범벅되어야 묘지로 간다. 묘지로 향하는 길에는 온갖 오물과 흙탕물을 뒤집어쓴 온갖 장화가 기다리고 있다. 쉬고 있는 장화. 걷고 있는 장화. 뒤집어진 장화. 찢어진 장화. 방치하고 있는 장화. 장화가 장화를 학대하는 장화. 장화가 장화를 부정하는 장화. 장화가 장화를 포기하고 가는 장화. 이런 장화들의 기나긴 행렬이 묘지로 가는 길을 지겹지 않게 채우고 있을 때 나의 장화는 나의 장화대로 속도를 높인다. 장화는 출발했다. 장화는 도착하고 있다. 이 두 마디를 위해서 장화는 출발하고 장화는 도착하고 그사이에 무수하게 발견되는 장화가 있다. 장화는 묘지로 가는 길을 모른다. 앞서거니 뒤서거니 따라갈 뿐이다. 먼저 간 장화의 흔적을 좇아가거나 거부하거나 단순히 참고하는 정도로만 그치거나 할 것 없이 장화가 가는 길은 모두 묘지로 향하는 길로 기록될 것이다. 장화가 그것을 자랑스럽게 생각한다는 것도 장화에 대한 여러 사람의 신념이자 착각. 혹은 망상. 기껏해야 몽상으로 치장되는 그 생각에 얹어서 그 생각에 담겨서 나의 장화는 골똘하다고 생각하고 출발한다. 장화는 출발했다. 묘지는 어딘가에 있다. 누구의 묘지라도 어딘가에 있다. 너무 많은 묘지 때문에 땅이 부족해지는 사태가 벌어지더라도 묘지는 묘지의 영역을 꾸준히 개척한다. 그것은 지하에도 있고 나무 아래에도 있고 산기슭에도 있으며 수중에서도 뽀글뽀글 거품을 밀어올리며 한동안 묘지의 신세를 지고 있다. 앞서 들어간 묘지와 다름없이 다른 묘지를 끌어들이는 묘지의 신세는 영원히 지속될 것 같고 영원히 지속될 수도 있지만 영원히 지속되리라는 그 소망만큼은 영원히 들어줄 수 없는 상태로 묘지는 묘지를 파헤친다. 묘지는 묘지를 파괴한다. 묘지는 묘지를 허물어뜨리고 있다. 그래서 등장한 묘지가 아무곳에도 터를 두지 않고 흔적도 남기지 않고 완벽하게 흩어지는 묘지의 양식을 연구하는 사람의 손에서 발굴되고 있다. 이 묘지는 어떤 흔적도 남기지 않았습니다. 이 묘지는 처음부터 터가 없었고 사실상 묘지라고 할 것도 없는 묘지의 형태로 남아 있습니다. 그것을 발굴하기 위해 제가 왔습니다. 제가 왔으니 이 묘지는 기나긴 묘지의 양식 중 하나가 될 것이고 덕분에 묘지로 오는 길이 또 하나 늘었다는 사실을 무척 영예롭게 생각하는 자가 여기 있습니다. 저를 보십시오. 묘지로 가는 길은 이렇게 많습니다. 이렇게도 많은 길을 누군가 개척했기에 묘지로 가는 길은 한두 개의 장화로는 요약이 불가능하고 그래서 언제나 차고 넘치는 장화가 필요합니다. 물이 차고 넘치듯이 흘러내리는 장화를 신고 나는 출발했습니다. 도착하는 장화를 신고 나도 출발했습니다. 너도 나도 출발하는 장화 앞에서 나도 출발했습니다. 장화를 신고 장화를 따라서 장화와 함께 장화가 갈 수 있는 데까지 장화로 밀고 나가는 그 길에서 왜 장화여야 하는지는 장화한테 물어볼 일이 아닙니다. 나한테도 물어볼 일이 아닙니다. 둘 다 무슨 말을 하겠습니까. 묘지가 바로 저긴데.

2부

장소

나는 낱말 하나에 의지해서 장소를 만든다. 장소는 처음부터 거기 있었던 장소. 장소는 장소를 배반하면서 시간을 만든다. 하나의 장소가 배반당할 때마다 시간이 새로 만들어진다. 그것은 일직선을 지향하는 것 같지만, 그리하여 순차적인 장소의 배반을 강요하는 것 같지만, 장소는 천지사방으로 열린 장소다. 그것이 지향하는 방향은 제자리인 동시에 모든 곳이다. 그것은 움직이면서 직전의 장소를 다른 시간대로 밀어버린다. 장소는 옮겨다니면서 이전의 장소가 보관하고 있던 시간까지 부정해버린다. 부정당한 시간과 장소는 그리하여 언제나 여기 없는 시간과 장소이다. 그것은 말하는 자의 말하는 순간 이상을 견디지 못하고 망각 속으로 혹은 기억이라는 왜곡된 시간과 장소로 추방당한다. 멀어질수록 먼 미래의 일처럼 예측할 수 없는 사건을 만들어낸다.

나는 그때 그 장소에서 너에 대해 언제든지 말을 바꾸어가며 표현할 수 있다. 기억의 지령에 따라 너는 다른 사람으로 그 시간대에 그 장소에 다시 나타난다. 너는 사랑하는 사람이었으며 그리워하는 사람이었고 보지 못해서 더더욱 증오를 키워가는 사람일 수도 있다. 너에 대한 나의 감정은 어느 장소에서도 똑같은 양상을 보여주지 못한다. 잊어버리자. 잊어버리자. 너에 대한 모든 망각을, 왜곡된 기억을, 분명한 허상을. 그러나 너는 거기 그 장소에서 여전히 나를 기다리고 있다. 내가 돌아오는 시간을, 내가 돌아와서 지껄이는 순간을, 지껄이기 전에 문득문득 떠오르는 괴롭고 아름답고 허전한 시간의 어수선한 발언들을. 분명한 발언일수록 장소를 떠나지 못한다. 그것은 못 박힌 채로 굳어가고 말라가는 미라의 표정에 안주할 것이다.

내 몸은 그러나 상주할 만한 곳이 못 된다. 죽어가면서도 그것은 장소를 비우고 채우고 다시 밀어내기를 반복하면서 다른 장소를 밀어넣는 것이다. 내 몸의 장소는 한순간도 내 몸의 장소로 안착하지 못했다. 내 몸의 장소는 엄밀하게 말해 과거다. 내 몸의 현주소도 엄밀하게 말해 과거다. 내 몸에 영원히 상주하는 장소는 순간을 위해 헌신할 뿐이다. 순간과 영원. 그것은 모든 움직이는 장소의 두 얼굴이다. 장소는 순간이므로 영원한 시간 속에 산다. 희미하거나 분명하거나 상관없이 그것은 다른 곳에서 다른 시간대로 재현될 수 없다. 비유될 뿐이다. 나는 나의 비유를 찾아가면서 장소를 비운다. 장소는 장소의 비유를 통해 자신을 감춘다. 그것은 어떤 경계도 없는 곳에서 다른 장소의 틈입을 반대한다. 다른 장소는 다른 장소로서 만족하는 조건을 다른 장소에 대해서도 똑같이 요구한다. 고립되어 있으면서 부정과 배반의 관계를 맺는 이 이상한 장소의 흐름과 사라짐. 너의 흐름과 사라짐처럼 지금은 얼굴도 기억나지 않는 장소. 장소와 같이 떠내려간 사람. 혹은 사건.

동반자

나는 야만스럽게 너는 고통스럽게 이불을 뒤집어 쌌다. 시체를 들쳐업고 강가로 가서 떠내려오는 모든 뼈 냄새를 잠재우는 이 죽음의 강을 말없이 바라보다가 내려놓았다. 그 시체를 싼 이불이 흥건하게 피 냄새를 피워올리는 상상은 할 필요가 없었다. 나는 여러 번 목격한 사람처럼 자연스럽게 이불을 풀어서 차갑게 굳은 한 사람의 육신을 강에 띄웠다. 내 손에서 축축한 목덜미가 떨어져나가던 순간의 그 얼굴을 나는 아버지라고 생각할 수 없었다. 그는 열심히 물로 돌아가는 중이다. 시작만 있고 끝이 없는 삶을 기원하는 이곳의 풍습이 만들어낸 장례는 다시 물에서 태어나는 목숨과 교묘히 이어지는 믿음을 만들어낸다. 한 번 만들고 두 번 만들면 그는 이미 불멸하는 자의 얼굴을 가지게 될지도 모른다. 나의 동반자는 허겁지겁 이불을 개켜 들고 돌아가려 한다. 피 묻은 그 얼룩을 얼굴처럼 또렷한 그 흔적을 어디 가서 태울 것인가? 나는 두어 번 말을 바꾼 나의 동반자의 선택을 신뢰하지 않는다. 한 사람은 유령처럼 말하고 있고 또 한 사람은 그림자처럼 따라갈 뿐인 이 갈림길에서 그는 주저앉아서 울고 있었다. 집으로 돌아갈 것인가? 아니면 가까운 산으로 올라갈 것인가? 강물은 여러 번의 결심으로 흙을 깎아내리지 않는다. 바위를 부수지도 않는다. 그것은 다만 끊임없는 실천의 연속이다. 문장이 곧바로 행동이 되는 연습, 그것이 내게 필요한 선택이고 그가 따라야 할 운명처럼 보였다. 말이 곧 실천이 되는 장면을 바로 앞에서 지켜보면서도 그는 그 강 같은 눈물을 거두지 않고 주저앉은 자세를 일으켜 세울 만한 의지를 보여주지도 않았다. 맥이 빠져서 시체는 떠내려간다. 아무런 혼령도 없이 뜨끈한 온기도 없이 싸늘하고 차가운 강바람을 대책 없이 불러들이고 있었다. 그 심장을 열어젖히지 않고서야 어떻게 불같은 의지를 다시 집어넣을 수 있겠는가. 그는 아버지의 흔적이 연기로 변하는 모습을 보아야 한다. 나의 동반자는 착실하게 살아온 자신의 손가락에 묻은 피를 흥건한 강물에 씻고 또 씻는다. 참회와는 무관한 강물이 흐른다. 의지는 우발적으로 일어난다. 분노는 다시 오지 않을 때 붙잡아야 한다. 나는 마른 담배를 붙잡고 연기를 조종하는 것 같았다. 뜻대로 되지 않으면 그는 일어나지 않을 것이고 일어난 후에도 바람직하지 못한 방향으로 흘러들 것이다. 자수할 생각은 꿈에도 꾸지 않는 이 피로한 동반자의 얼굴이 조금씩 상하고 변해가기 전에 내가 보관해두어야 할 곳은 그 연기가 최초로 피어올랐던 불씨, 그리고 그 불씨를 당겼던 한 사람의 폭압적인 얼굴을 끝없이 상영해주는 밀실이어야 할 것이다. 인생은 덧없고 덧없지만, 밀실은 완고하게 자신의 죄를 털어놓지 않는다. 흔들어도 제 속에서 요란한 부스러기 소리를 한 줌의 뼈만도 못한 그 연기의 몸부림치는 소리를 가볍게 인내해야 한다. 너는 그 소리를 듣지 못하리라. 무거울수록 달아나는 연습을 수없이 해오지 않았느냐. 마치 먼지가 달아나듯이 연기가 흩어지듯이 나는 두 번 다시 오지 않는 이 순간을 너무 깊이 담아두지 않는 지혜가 필요하다고 강조하였다. 그는 지혜?라고 반문하였다. 그럼 용기라고 해두자. 그는 둘 다 만족할 수 없는 단어를 붙잡고 일어섰다. 용기와 지혜, 이 모두가 내 손에서 나와서 나의 동반자를 일으켜 세우고 있다. 앞서가는 것은 그였지만, 헐렁한 그림자 같았다. 등뒤에서 지는 해가 간신히 세워놓은 듯한 존재. 우리는 심야의 강바람을 등지고 걸었다. 생각보다 가벼운 이불을 짊어지고서 그 안에 든 한 사람이 빠져나간 조용한 흔적을 마치 관짝처럼 짊어지고서 걸었다. 이 안에 든 것은 언제나 피를 부르는 아버지의 말라붙은 부장품이었다. 주인 없는 그 분신들이 너무도 가벼워서 태우는 순간 금방 날아갈 것 같았다. 불에 타 죽은 새처럼 돌멩이는 말없이 발끝에서 툭툭 차이고 흩어졌다. 울림 없는 메아리, 반향 없는 그 실종을 위장하기 위하여 산속의 깊은 곳과 깊은 곳을 다 헤집고 돌아다닌 후에도 여전히 상황은 실종이었다. 처음 생각해낸 단어가 그대로 돌아온다는 것. 아무런 의심도 없이 단어가 만들어낸 그 상상을 더는 상상하지 않고 기억하듯이 말해야 한다. 머릿속을 굴릴 때도 우리는 어느 한쪽 방향으로만 눈을 돌려야 한다. 기억하듯이, 기억하듯이, 그래 기억하듯이. 우리는 드디어 말하지 않고도 기억할 수 있다. 기억이 만들어낸 그 상황을 정확히 때로는 흐릿하게 때로는 가슴 아프게 되풀이해서 풀어낼 수 있는 기억이 조용히 완성되는 것 같았다. 우리는 실제로 아버지의 실종을 지켜보았고 그것은 운명이 만들어낸 장난 같았다. 운명이 데려간 아버지의 시신을 이제 여기 와서 묻지 말고 우리가 되걸어온 강에 가서 물어보시오. 나는 이렇게 말하고 싶었고 나의 동반자는 돌아서서 한번 더 우는 연습을 하였다. 그는 실제로 울고 있었다. 나약한 그 심장이 정말로 꿈틀거리며 비통한 얼굴을 내비치는 것이었다. 그날 우리는 산에 갔던 우리를 본 적이 없다. 나는 측은하게 너는 울먹거리며 서로의 얼굴을 뒤집어썼다. 우리의 내면이 너무도 충실하였으므로 나는 꼭 한 사람 같았다. 너도 마찬가지 얼굴을 뒤집어쓰고 걸어다녔다. 그 이불 속에서 흘러나간 한 사람의 얼굴이 생각나지 않을 때까지 강은 흐르는 속도를 멈추지 않았다.

진술서

진술서를 써야 한다. 쓰다가 관둬야 한다. 계속 쓰면 안 된다. 마치는 곳이 있어야 한다. 그러기 전에 시작하는 진술서의 첫 문장을 써야 한다. 첫 문장은 진술이다. 마지막 문장도 진술이다. 진술이 되지 않으면 아무것도 본 것이 없다. 진술이 없으면 아무것도 죽인 적이 없고 상하게 한 적도 없고 건드린 적조차 없다. 건드린 적이 없으니 진술조차 없는 곳에서 진술서를 써야 한다. 내가 보지 못한 것을. 내가 죽이지도 못한 것을. 아무것도 상하게 한 적이 없는데 이미 상해버린 것을. 일목요연하게 명확하게 그리고 인상적으로 건드리는 말. 건드려야 일어나는 말. 그 말을 몇 번에 걸쳐 고쳐 쓰고 있다. 고쳐 쓰라고 한다. 그래서 고쳐 쓴다. 나의 진술을 너의 요구를 누군가의 죽음을 몇 번에 걸쳐 죽어도 납득이 되지 않는 죽음을 너의 요구대로 나의 진술대로 한 번 고치고 두 번 고치고 수십 번도 넘게 고치면서 누더기가 된 나의 첫 문장을. 계속해서 잘못 쓰고 있다. 계속해서 잘못 있다. 그 현장이.

증언

상상하면 안 된다. 상상하면 망한다. 그래서 사실만을 말할 것을 맹세했다. 법관 앞에서 한 손을 들고 어떤 상상이 가미된 말도 하지 않겠다고 선서하고 착석했다. 의자에는, 내가 이미 앉은 의자에는 그래서 내가 일어서기 전까지 누구도 앉을 수 없는 의자에는 아무도 앉아 있지 않았지만 누구라도 한 사람 앉았다 간 흔적조차 남아 있지 않았지만 어쩐지 누가 앉아 있는 것 같고 그래서 앉아 있기가 몹시 거북하고 불편하고 내 엉덩이 아래 깔린 누군가의 하반신이 분명히 있는 것 같고 느껴지는 것도 같고 그래서 몸이라도 일으켜 그를, 그의 하반신을 확인이라도 해보고 싶지만 나는 이미 착석해 있고 일어나서는 곤란한 처지고 일어나서 의자를 확인하는 것은 더더욱 이상한 일이고 여기는 엄숙한 의자를 엄숙하게 지켜보고 있는 공간이고, 그러니 검사의 질문에 법관의 종용에 변호사의 눈치와 코치에도 반응이 더딜 수밖에 없고 대답은 점점 더 요지를 벗어나서 자꾸 의자 쪽으로 기우는 것 같고 기울다가 기울다가 의자라는 단어가 나왔고 튀어나왔고 나는 의자에 대해서 구구절절 늘어놓는 나의 복잡다단한 심경이 단 한 마디로 요약되기를 바라며 말을 이어나갔다. 내 의자에 누군가가 앉아 있는 것 같습니다. 그건 당신이오. 검사가 말했다. 아니오. 내 의자에는 나 말고도 누군가가 앉아 있는 것이 분명합니다. 그게 누굽니까? 어디 있습니까? 판사가 물었고 변호사가 대신 답하려는 것을 앞질러서 내가 말했다. 보이지는 않지만 분명히 있습니다. 실례가 안 된다면 일어나서 확인해보고 싶습니다만, 일어나서 확인할 용기가 나지 않습니다. 허락해주신다면 일어나보겠습니다. 판사가 허락했고 변호사는 고개를 돌렸고 검사는 노려보고 있었다. 내 의자에 앉아 있는 더 정확히 말해 내 엉덩이 아래 깔려 있는 누군가의 하반신을 확인하기 위해 나는 일어섰고 돌아섰고 방금 전까지 엉덩이를 붙이고 있던 의자를 들여다보았다. 의자에는 아무것도 없었다. 손으로 만져도 무엇 하나 느껴지지 않는 의자를 향해 판사가 말했다. 그만 앉으시지요. 검사가 말했다. 얼른 앉으시지요. 변호사가 말했다. 그렇게 하세요. 그래서 앉았고 그래서 다시 느껴야만 했다. 내 엉덩이 아래 깔려 있는 누군가의 하반신을 더는 개의치 말자고 다짐하고 다짐하면서 검사의 질문에 판사의 확인에 변호사의 추가 질문에 성실히 답변하는 자세로 앉아 있는 모습을 상상하고 또 상상하는 시간을 이어나갔다. 실제로 시간이 흘렀다. 실제로 재판이 끝났다. 나의 증언은 채택되었다. 채택되지 않았다면 나의 증언은 실제로 어떻게 진행되었을까. 상상해보았자 소용없는 의자에 앉아 누군가의 하반신에서 올라오는 열기를 느끼며 그가 이제 그만 일어서주기를 바랐다. 그러기 전에 내가 먼저 일어나겠지만 그렇다고 그가 일어나는 일은 일어나지 않을 것 같다. 일어나더라도 목격할 사람이 없으니 그는 그 자리에서 그 의자에 앉아 또 누군가의 증언을 기다리고 있을 것이다. 어쩌면 그것이 더 현실적인지도 모른다. 그런 생각을 하며 재판정을 빠져나왔다.

제보자

불확실하지만 그의 말을 믿기로 했다. 확실하지만 안 믿던 때도 있었으니 이번에는 한번 믿어주자는 게 우리들 다수의 의견이었고 그래서 그의 말은 믿어졌다. 불확실하지만 그의 말은 단순하고 명료했다. 우리 중에 변절자가 있다는 것. 그리고 제보자가 있다는 것. 두 사람은 물론 동일인물이라는 사실. 단순명료한 그의 말에는 한마디가 더 추가되었다. 그를 찾아내야 합니다. 불확실하지만 그의 말을 믿기로 한 우리 중 누군가가 말을 덧붙였다. 그를 색출해야 합니다. 그래야 우리가 삽니다. 잠자코 듣고 있던 연장자 중 한 사람이 말을 덧붙였다. 그가 누굴까요? 우리 중에서 과연 누가 변절자 노릇을 하고 제보자 역할을 하고 있는 걸까요? 동일인물로 추정되는 그 사람을 색출하는 묘안을 생각해봅시다. 그럽시다. 듣고 있던 모두가 목소리를 높였다. 불확실하지만 그의 말에서 비롯된 우리들 내부의 열기는 누군가 성냥을 긋기만 해도 곧 터져버릴 것처럼 달아올랐다. 각자가 자신을 제외하고 모두를 의심하는 방식으로 열띤 토론이 이어졌다. 몇몇은 무리지어 의논했고 몇몇은 흩어져서 각자의 구석으로 가서 각자의 구석에 대해 걱정했다. 이 정도 구석이면 의심받을 구석이 있긴 하지만 그렇다고 변절자가 될 구석은 아니지. 제보자로 몰릴 구석은 더더욱 아니지. 만약 이 구석이 의심받는다면 나머지 모든 구석이 의심받아 마땅하니까 내가 고민하는 것은 내 구석이 아니라 딴 구석이어야 하지만, 구석이 구석이니만큼 큰 소리는 내지 못하고 작은 소리로 혼잣말로 들리지도 않는 소리로 구석에 대한 생각을 구석구석 키워가는 도중에도 한 가지 예외 없는 사실이자 규칙이 있었으니 누구도 이 방을 나가서는 안 된다는 것. 각자의 구석에서 각자의 구석을 키워가는 방식으로 생각도 하고 혼잣말도 하고 모의도 하고 토론도 할 수 있는 이 방에서 빠져나갈 수 있는 구석은 어디에도 없다는 사실. 문을 여는 순간 그는 변절자가 되고 문을 열고 나가는 순간 그는 제보자로 확정된다. 나가는 순간 그는 이미 나간 사람이고 나갔다가 들어온 사람이고 이 방에 숨을 만한 그의 구석은 처음부터 없었다. 백일하에 드러난 그의 구석을 파헤치는 일만 남았지만 그전에 먼저 누구라도 나가야 한다는 사실. 나갔다가 들어와야 한다는 사실 앞에서 각자는 각자의 구석을 뚫어지게 노려보고 있다. 문도 없고 통로도 없는 그 구석에서 벌벌 떨고 있는 한 사람이 발견될 때까지. 단 한 명의 예외자가 있다면 누구보다 나여야 한다는 확신과 함께. 의심과 함께 각자의 구석을 생각하다가 덮고 파헤치다가 덮고 덮고 난 다음에도 덮으면서 무덤은 완성된다. 그 무덤으로 또 한 명의 추방자가 발생할 때까지. 한번 나가면 영원히 돌아올 수 없는 그를 한번 더 추방하기 위해서라도 제보자는 필요하다. 변절자도 필요하고 그들은 모두 구석에서 발견된다. 마치 없는 사람처럼 묻혀 있다.

약속해야 한다면 이렇게

투쟁해야 한다면 계속 투쟁하겠지만 대화해야 한다면 관둡시다. 대화는 충분히 했으니까요. 대화가 안 된다면 남는 것은 우리 둘 사이에 없습니다. 둘 사이에 우리는 처음부터 없었습니다. 그러니 투쟁합시다. 함께 거리로 나갑시다. 아무런 동요도 없이 거리는 우리를 맞이할 겁니다. 아무런 모의도 없이 나란히 서 있는 저 두 사람을 뭐라고 부를까요? 거리는 상관하지 않고 우리를 세워둡니다. 서 있으면 언젠가 서 있는 것을 멈출 것이고 멈추는 순간부터 우리는 다시 대화를 시작할까요? 투쟁이 충분했다면 그걸로 충분하겠지만 그럼에도 뭔가가 허전하다면 한마디만 합시다. 우리가 둘로 갈라진다면 대화도 충분하고 투쟁도 충분히 한 우리가 정말로 둘로 갈라진다면 우리는 각자 어디에 가서 서 있어야 할까요? 한마디치고는 길지만 한마디만 더 합시다. 당신은 저 건물 앞에서 투쟁하시오. 나는 저 건물 앞에서 대화하고 있겠소. 저 건물과 저 건물 모두 투쟁과 대화로 적당한 상대가 언제나 차고 넘치겠지만 그럼에도 분명히 합시다. 저 건물은 대화의 상대가 아니오. 그리고 저 건물은 투쟁의 상대도 못 되오. 그러니 나는 대화하겠소. 당신은 투쟁하시오. 각자의 건물 앞에서 각자의 입술을 내밀고 입술 밖으로 가끔씩 혀도 내밀고 그렇게 각자의 건물과 각자의 나 사이에 있는 이 생각 많은 시간을 한나절이고 두 나절이고 세워둡시다. 꼬박 하루가 지나가겠군요. 꼬박 하룻밤이 지나기 전에 당신은 서 있는 것을 멈추고 나 역시 서 있는 것을 멈출 거라는 걸 지금 여기서 약속합시다. 한마디로 약속하자는 말이었군요. 우리는 그렇게 약속하고 각자의 길로 갔다. 그리고 아무 건물 앞에 가서 서 있었다.

사과 폭탄

수업을 마치고 나오는데 학생 한 명이 쫓아서 나온다. 가방에서 무언가를 꺼내더니 내 손에 꼭 쥐여준다. 잘 챙겨 드시라고. 이게 뭐냐고 물으니까 사과의 뜻으로 전하는 폭탄이란다. 손안에 든 것을 보니 과연 폭탄이다. 사과가 든 폭탄. 사과처럼 생긴 폭탄. 이 폭탄을 먹으라고 건네는 학생의 입에서 연신 미안하다는 말이 나온다. 미안합니다. 죄송합니다. 뭘 그리 잘못했는지 나는 모른다. 모르니까 받아든 이 폭탄 앞에서 내가 해줄 수 있는 말은 많지 않다. 알겠네. 아니면 도로 가져가게. 아니면 또 뭐라고 답변해야 저 미안한 마음을 물릴 수 있을까. 그는 가지 않고 있다. 학생은 학생의 자세로 서 있고 선생은 선생의 자세로 서서 폭탄을 들여다본다. 폭탄이 주는 의미를 생각한다. 폭탄은 터지려고 있는 것이고 이미 터진 채로도 있을 수 있는 것이고 다만 먹을 수 있는 것이 아니라는 사실만 확인하면서 다시 말한다. 미안하지만 다른 방식으로 미안하면 안 될까? 다른 방식으로 죄송하고 다른 방식으로 사과를 하면 학생의 입장에서 사과가 안 되는 걸까? 사과가 지나쳐서 폭탄이 되는 것만 막아준다면 둘 다 꼼짝도 못하는 자세로 이렇게 서 있는 광경을 지속하지 않아도 될 것 같은데. 선생님의 설명은 언제나 어렵습니다. 무슨 말이든 어렵습니다. 꾸지람도 어렵고 칭찬도 어렵습니다. 비유도 어렵고 비유를 풀어서 들려주는 말도 어렵습니다. 선생님은 왜 그렇게 어렵습니까? 왜 그렇게 어려운 말로 계십니까? 어렵다고 하니 나는 어려운 사람이고 어렵다고 하니 내 말은 더 쉬운 말을 찾아서 더 어렵게 헤매고 있는 말을 할 것 같다. 당분간 입을 다물자. 당분간 입을 다물고 그가 서 있다. 학생이 서 있고 선생이 서 있다. 폭탄을 가운데 두고 사과의 의미를 곱씹고 있다. 누군가 한 사람은 먼저 움직일 것이다. 사과의 의미를 곱씹으며 폭탄의 위력을 이 작은 손안에서 느끼며 누군가 한 사람은 먼저 돌아설 것이다.

그날 그가 폭탄을 가져갔는가. 아니면 내가 들고 왔는가. 학생은 서 있다가 갔다. 선생도 서 있다가 돌아섰다. 그는 돌아서면서도 미안해서 죄송합니다. 죄송해서 미안합니다. 그리고 사과의 뜻으로 두 번 다시 수업에 나타나지 않았다. 그때 그 폭탄을 터뜨렸다면 상황이 달라졌을까? 내 말은 여전히 어렵고 누구를 만나서도 어렵다. 그날의 그 상황을 설명하기는 더더욱 어렵다. 가장 쉬운 말로 대신해도 어렵고 이제 알겠느냐고 물어보는 말도 어렵다. 내가 왜 이렇게 어려워졌을까? 내 말은 이제 출석부에 찍힌 이름을 부를 때조차 어렵게 들린다. 폭탄을 안고 어쩔 줄 모르는 사람처럼 서 있다.

행복한 망언 가게

이런 가게라도 하나 차렸으면 좋겠다. 잊을 만하면 튀어나오는 망언이 잔뜩 쌓인 가게. 세상의 온갖 명언들을 비웃는 가게. 그런 가게에서 일한다면 무슨 말을 해도 후회가 없을까? 없겠지. 어차피 가려봐야 망언이니까. 이 못난 입술을 비웃지 않아도 좋고 누가 와서 내 뺨을 찰싹 때리고 가도 그건 내 탓이 아니라 망언 때문이니까. 망언 속에서 살다 가면 망언 속으로 들어오는 모든 것을 용서할 수 있을까? 있겠지. 거짓말도 용서하고 절친한 친구의 배신도 용서하는데, 무얼 못 참겠니? 말 못하는 내가 가게 하나를 차리고 조용히 함구하고 있다. 조용히 친구들이 이 세상에 태어난 것을 축하해주고 있다. 할 일이 없으니 운동도 하지 않고 배달도 하지 않고 턱을 괴고 앉아 하루가 가는 것을 본다. 훌륭하다. 이 망할 놈의 입버릇은 어딜 가나 좋다고 지껄이고 괜찮다고 점잔을 떨고 돌아서서는 망언을 한다. 어디 가서 퀙 뒈져라. 빠르면 빠를수록 좋다. 찜찜하게 묻은 이 먼지를 털어내는 망언은 오늘도 조용히 물건을 진열하고 손님을 기다린다. 심심하다. 하루종일 입이 굶었다. 하루종일 혀에 가시가 끼는 상상을 하였다. 아니지. 가시는 박히고 혀는 부드럽고 달콤한 사탕을 속삭이는 물건이지. 아무렴.

손을 씻고 와야겠다. 내일은 행복한 기자단 투표가 있는 날. 또 엉뚱한 사람이 뽑혀서 또 엉뚱한 명언을 늘어놓는 걸 잠자코 지켜보는 하루가 시작될 것이다. 그들은 옳은 말만

한다. 정말로 엉뚱한데. 시상식에 모인 사람들은 행복하다. 뽑은 사람도 행복하고 뽑힌 사람도 행복하고 사회자도 행복하다고 고백하면서 우정에 금이 간다. 그래도 행복하다고. 행복이 싫으면 가지 않으면 된다. 어디라도 혼자서 머무는 가게가 필요하다. 혼자서 술잔을 들고 이런저런 진심을 섞어가며 거짓말하는 장소가 필요하다. 광장은 너무 넓고 방안은 너무 지저분하고 공원은 말 못 하는 비둘기와 어울리는 거지들이 너무 많다. 그들의 망언은 들어주려야 들어줄 수 없는 냄새 때문에 코를 막고 돌아오게 만든다. 그래도 그들은 성실하다. 성실히 옷을 갈아입지 않고 성실히 이를 닦지 않고 세수는 누구보다 열심히 생략한다. 그들 중의 한 사람이 외삼촌이다. 외삼촌은 이제 죽은 사람이지만 그가 내게서 빌려간 돈 3만 원은 영원히 잊지 못할 망언을 남겨놓았다.

저 인간은 얼른 죽지도 않는다. 저 모기는 밤새도록 나를 괴롭힌다. 저 음악은 언제 들어도 나를 차분하게 증오의 세계로 이끄는 매력이 있다. 그래서 듣는다. 너의 망발을. 너의 고통스런 충고를 이제 아무리 들어도 가게는 변함없이 잘될 것 같다. 손님이 없다. 먼지는 진열대를 차곡차곡 욕으로 채워넣고 있다. 입에 담지 못할 욕은 언제나 인간을 그리워하며 인간 곁에 머문다. 여러 마리의 짐승과 함께. 개 돼지 소 말 닭…… 이런 동물들이 가축이 되면서 사람 입에 들어오면서 인간의 욕은 풍성해졌다. 저주는 감미롭다. 망언은 외롭지 않다.

가게 문을 닫고 혼자 퇴근할 때면 이런 음악이 나온다. 너의 집이 여긴데, 어디로 가니? 너의 모든 근심이 여기 있는데, 또 어디를 맴돌다 올 거니? 노래는 밤새도록 가게 앞을 전전한다. 그리고 이른 아침 불쑥 가게 문을 열고 들어오는 한 사람의 다급한 인상착의와 어울린다. 며칠 전에 왔던 그 사람. 그는 아직 망언의 참된 매력을 모르는 사람이다. 못된 가치에 대해서도 질문만 많고 이해하는 것이 늦고 음미하는 수준은 더더욱 멀다. 너무 멀어 보인다. 마치 토성이 내는 소리처럼 내 설명을 듣고 있는 그의 얼굴에서 슬픔이 보이는가. 그렇지 않다. 그는 느긋하게 한숨을 내뱉고 한마디를 슬쩍 끼우는 기술을 잊어버렸을 뿐이다. 그는 무엇이든 다급하게 주워 담고 돌아가려고 한다. 좀더 빨리 잊어버리는 방법만 터득하려고 여기를 왔다. 불쌍한 인간. 그가 내 손에 쥐여주고 간 욕은 겨우 이 정도. 겨우 이 정도의 우유부단함으로 그는 남은 하루를 버틸 것이다. 아니면 며칠.

외삼촌은 얼마 못 가서 죽었다. 암이 온몸에 퍼질 때까지 내 앞에 나타나지 않은 이 인간의 부음도 그래서 며칠이 지나서야 들었다. 엄마와 이모들이 지방의 어딘가에 있는 재활병원에 장례를 치르러 갈 때도 나는 혼자서 가게를 지켰다. 그 손님이 다시 오면 무슨 얘기를 들려주고 무슨 물건을 손에 쥐여주고 어깨를 두드릴까? 그가 쥐어갈 물건은 사실 가게에는 없는 것. 아무리 뒤져봐야 먼지밖에 안 나오는 구석구석의 한숨과 탄식과 절망을 걷어내고 나면 보이는 것. 그것이 무엇이겠는가. 닳고 닳아서 튀어나온 그 말이 인생을 구원해주리라 믿는가. 위로라도 해주리라 기대하는가. 글쎄다. 혹시라도 그런 상황을 기대하고 온다면 나는 무엇보다 이 가게의 간판부터 똑똑히 짚어줄 것이다.

행복한 망언 가게. 명언이 아니라 망언 가게. 한 글자만 바뀌어도 인생이 재미없어지는 가게를 내가 왜 차렸겠는가. 그는 왜 이 간판을 다시 찾아왔는가. 우물쭈물하다가 그는 호주머니에서 돈 3만 원을 꺼내었다. 그러실 필요까지 없는 돈 3만 원. 진열된 욕은 많지만 그는 아무 물건도 사가지 않았다. 어쩌면 두 번 다시 찾아오지 않을 것이다.

식물과 선물
—「경청하는 개」가 있던 방에서

두 가지를 생각한다. 두 가지가 함께 도착했다. 식물과 선물. 함께 도착해서 함께 놓여 있는 내 방의 식물과 선물. 이 둘은 따로 묘사할 필요가 없다. 이 둘은 시가 되기 위해 결합될 이유도 없다. 이 둘은 하나다. 내 방에서. 내 방에 들어와서 같은 자리를 차지하고 같은 시간대를 살고 있는 오늘 아침의 식물. 어제저녁의 선물. 그리고 한밤중에 앞으로 쓰게 될 글감을 정해준 둘의 이름을 뭐라고 부를까. 아직은 식물과 선물.

둘은 같은 시간에 태어나지 않았다. 둘은 죽는 순간까지 같은 운명을 이어가지 않을 것이다. 하나는 언젠가 하나로부터 이탈한다. 선물이 식물로부터 달아날 것인가. 식물이 선물로부터 다른 가지와 잎사귀를 내밀 것인가. 식물은 자란다. 선물은 느닷없이 탄생하였다. 우연히 들른 화원에서 우연히 눈에 뜨인 그것을 당신은 선물과 식물을 한꺼번에 담아 배달하였다. 나의 집으로 나의 방으로 내 침대의 바로 윗자리로 옮겨와서 턱 하니 놓여 있는 식물의 이름.

식물의 이름에는 별 관심이 없는 남자가 이름을 묻는다. 그것이 무엇입니까? 그것은 선물입니다. 그것이 선물이라면 또다른 이름은 무엇입니까? 가령 선물이 되기 전의 이름. 누군가 붙여준 저 식물의 이름. 선물이 되기 전의 이름은 나중에 붙입시다. 나중에 알더라도 저 식물의 면면은 충분히 얘기할 거리가 있고 얘기할 근거도 있고 그것이 충분하다면 이름은 나중의 일. 나중의 뜬금없는 호출. 다급하게 이름을 밝혀야 할 때는 일상의 영역. 생활의 필수. 시에서는 여전히 여분의 몫으로 아직 도착하지 않은 이름. 당분간 선물과 결합되어 어디론가 움직여가는 이름. 끝없이 운동하는 이름. 거기에서 글을 시작하고 거기에서 글을 맺자. 맺지 않는 방식으로 피는 꽃을 얘기하자.

저 식물도 꽃을 피운다. 어떤 새의 모양새와 흡사해서 붙여진 저 식물의 통상적인 이름. 지난 며칠 사이 알게 된 저 식물의 통상적인 이름은 다시 잊어버리자. 저 식물의 언뜻 보이는 외관에도 무관심하자. 뿌리에서 바로 올라오는 긴 모가지와 모가지 끝에서 벌어지는 왕녀의 부채처럼 넓은 이파리. 이파리에 묻어서 흐르는 윤기. 실내에서도 잘 자란다는 저 식물의 사전 정보를 잊어버리는 방식으로 나는 들어간다. 어디로 들어갈 것인가?

그러고 보면 입구를 잊어버린 글쓰기. 더불어 출구가 꽉 막혀버린 시쓰기. 지난 2년간의 답보 상태를 반복하는 방식으로 나는 다시 입구를 찾고 있다. 어디로도 들어가지 못하고 어디로도 떠나지 못하는 방식으로 나는 헤매고 있다. 방황하는 방식으로 저 식물과 선물이 내 방에 도착한 것처럼. 방황하는 방으로 방황하는 방식으로 방황하는 마음을 담아 식물은 들어왔고 선물은 도착했다. 이름도 없이.

나는 방을 바꾸어간다. 방황하는 방을 옮겨가고 있다. 제자리에서 제자리로 미친 듯이 뛰어가는 생각. 흘러다니는 과거. 답답하지 않니? 숨만 헐떡거리는 애정을 담아서 남자가 묻는다. 누군가 대답한다. 너보다 답답하지는 않아. 저 식물처럼 우아하게 우아하게 제자리를 지키는 방식을 너는 몰라. 뛰어다닐 뿐. 돌아다닐 뿐. 기껏해야 흩어지는 방식으로 뿌리를 내리고 있는 발이 답답하지 않니? 남자가 대답한다. 너는 발목부터 다른 사람이구나. 우아하게 우아하게 고개를 젓는다. 누군가.

조용히 술을 마시고 있다. 식물은 조용히 물을 빨아들이고 있다. 물이 없으면 잠들지 못하는 이파리. 술이 없으면 성장하지 못하는 상상력에 기대어 누군가 말한다. 남자가 듣는다. 누군가 나무라고 있다. 남자가 듣는다. 누군가 분노하고 있다. 남자는 듣는다. 누군가 조용히 가슴이 아프다고 말한다. 남자는 듣고 있다. 식물이 되는 방식을. 저 식물처럼 우아하게 동의하는 방식. 동의하면서 항변하는 방식을 배워가고 있다. 모가지 하나가 새로 올라오면서 이파리를 열어간다. 왕녀의 부채처럼 넓은 그늘을 새로 배우고 있다. 그것도 선물이야.

누군가 말한다. 남자의 귀가 한계에 다다를 때까지 말하고 또 말하는 방식으로 식물은 경청하고 있다. 무슨 소린지 하나도 알아들을 수 없는 감정을 담아내고 있다. 식물은 과격하다. 헌 이파리를 죽여가면서 새 이파리를 내보낸다. 줄기 하나가 단단해지고 있다. 어느 대목에선가 부러지고 있다. 저것은 남자의 마음인가, 누군가의 내면인가? 아마도 둘 다. 둘 다 방황하고 둘 다 도착한 곳에서 그들이 만나고 있다. 방은 어두워지고 제자리를 맴도는 방황은 너무 많은 술을 요구한다. 둘 다 취했다. 물에 취해서 잠든 이파리를 내버려두고 있다. 언젠가 물을 줄 거야. 나는 이미 충분히 말라죽었어. 지난 2년간. 남자가 대답한다.

남자가 물을 끓인다. 이름이 극락조라고 하더라. 마치 새 같군. 한 번씩 피우는 꽃이 그 새를 닮았대. 끓인 물을 컵에 따르며 쳐다본다. 누군가 묻는다. 냉수는 없니? 식물이 다 먹었어. 극락조는 오랜만에 물을 듬뿍 먹었다. 거의 다 젖었다. 누군가의 말에. 남자는 귀를 열고 모든 것을 다 기억한다. 누군가의 말을 잔뜩 담아두고 있다. 그것도 사랑의 방식. 그것도 이름 없는 감정의 한 표현. 의도치 않게 알아버린 식물의 이름을 차곡차곡 쌓아가는 창고 한 귀퉁이에 붙여놓았다. 극락조라고 적혀 있다. 몰라도 되는 이름을 곱씹고 있다. 누군가의 이름을 새삼 확인하고 있다. 이름은 계속 바뀌고 있다. 내일 아침에도 새로운 이름이 떠오르지 않는다면 누군가를 어떻게 부르겠어?

식물은 경청한다. 경청하는 방식으로 선물이 되고 있다. 듣고만 있는 자세로 존재를 새기는 방식. 모든 욕과 이름을 흡수하는 방식으로 술을 빨아들이고 있다. 한 잔 두 잔 그리고 엄청난 양의 술병들 사이에서 새로 태어나는 이름. 남자는 방황을 떠나고 있다. 방황하는 방식으로. 식물은 도드라지고 있다. 함몰되는 방식으로. 누군가 내 방에 들어왔다. 자기 방으로 흡수하면서. 마지막에는 선물이 되고 있다. 선물을 받아가는 방식으로. 오늘은 무엇을 사러 갈까? 식물은 나갈 채비를 하고 있다. 조용히 선물의 형태를 고수하고 있다. 나머지 모든 이름은 사치라도 되는 것처럼 거부하고 있다. 나머지 모든 이름을 빨아들이면서. 식물은 자란다. 누군가 내 방에 들어왔다. 이름에 대해 궁리하고 있다. 나머지 모든 이름을 지우면서.

집

집에 들어가기가 싫다. 집에 들어가기가 싫어서 집 앞 공원에 있다. 집 앞 공원에서 다른 사람들의 말소리를 듣고 있다. 모두 통화중이다. 사귀는 소리도 있고 사귀지 않는 소리도 있고 속삭이는 소리도 있고 속삭이지 않는 소리도 함께 있다. 나처럼 혼자 있는 소리도 있다. 나는 무슨 소리를 내고 있는 걸까? 혼자서 이런 질문을 하는 소리를 들리지 않게 내면서 시간을 보내고 있다. 집에 들어가야 할 시간이다. 집에 들어가면 소리가 있다. 아프다는 소리. 힘들다는 소리. 돈 없다는 소리. 저 소리들이 모두 나와 상관없는 소리라면 얼마나 좋을까 하는 소리도 나한테서 들린다. 외국어처럼 들린다. 외국인처럼 알아들을 수 없는 소리를 누가 내고 있다. 그는 좀 전에 와서 공원에 앉았다. 행색을 보아하니 이 동네 사람이 아니다. 이 세상 사람도 아닌 것 같다. 저대로 파묻힌다면 두엄이 되기에 적당한 행색을 하고 그는 일어나서 다시 걸어간다. 그가 가는 방향을 알 수 없다. 천천히 그리고 불규칙적으로 걸음을 떼는 그를 따라가면 그의 집이 나올까? 나오기나 할까? 그곳이 어디든 어제의 집이었던 그 집에서 나는 오늘 나왔고 다시 들어가고 있다. 집에 들어가기가 싫다. 나는 내가 없어야 할 곳으로 가고 있다. 없으면 더 좋을 곳으로 왜 가야 하는가? 그걸 묻는다면 나는 들리지 않는 소리로 그의 귀를 끌고 갈 것이다. 제발 이 소리를 들어보라고. 모두들 죽겠다고 내는 소리를. 그것들이 모두 어디서 나는 소리인지를.

나를 찾는 사람들

모두들 책을 읽으면서 나를 관찰하고 있다. 내가 못난 이유도 책에서 찾으려고 한다. 내가 집을 나간 것도 책을 통해서 나갔다고 생각한다. 거기엔 대문이 없는데, 두꺼운 양장본 속에서 내가 거주하고 있는 주소를 찾으려고 한다. 나는 집을 나갔다니까. 그러면 책이 일러주는 주소대로 찾아와서 대문을 두드린다. 쾅쾅 아니면 똑똑. 어떤 식으로 두드려도 대문은 거기 없다. 그럼 창문은 있을까요? 내가 다시 말한다. 나는 집을 나갔다. 창문이 없는 곳으로 무엇보다 책이 알 수 없는 곳으로 가서 전화를 건다. 누구라도 받으면 그는 책을 읽고 있다. 마치 책에서 전화가 왔다고 생각한다. 여보세요? 여보세요? 나는 말한다. 다시 전화하겠다고. 무거운 숨소리만 내고 끊으면 책이 두꺼워졌다고 착각할 테니까. 가벼운 인사만 하고 끊으면 이번엔 그가 말할 것이다. 책을 태우면 연기가 되지요. 사람이 아니라 연기. 연기가 아니라 구불구불한 면발을 나는 더 좋아해요. 그러면 그는 실망해서 다른 책을 뒤적일 것이다. 차라리 다른 전화번호를 요구하지. 나는 다른 곳에서 다른 번호로 전화를 건다. 전화번호도 책에 나와 있으니 그는 어렵지 않게 전화를 받는다. 다른 곳에서 다른 번호로 내가 얘기한다. 이렇게 얘기해주세요. 나에 대해서. 그러면 그는 고개를 끄덕이고는 나를 찾아서 온다. 한 손에는 지도책을 들고. 그 책은 작년에 나온 가장 훌륭한 철학서이자 울고 있는 음반 가게의 주인이 틀어주는 레코드판. 거기서 그는 빠져나오지 못하고 태평스럽게 울고 있다. 나는 다른 곳에서 다른 목소리로 다른 번호를 누른다. 다른 음악을 틀어달라고. 그는 책을 덮고 다른 책을 집어들었다. 그 책은 작년에 나온 가장 훌륭한 사상서이자 알 수 없는 사람들의 알 수 없는 집회 장소. 제발 흩어집시다. 한 사람이라도 더 모은 다음. 나는 문을 닫고 있다. 문이 없다는데도 모두들 책을 읽으면서 나를 찾고 있다. 일부는 사랑한다고도 말한다. 집 나가고 없는 나를.

내가 등장하지 않는 소설

내가 등장하지 않는 소설을 쓰고 싶었지만 내가 등장하지 않는 소설이 어디 있나. 그는 등장한다. 내가 아니면 다른 사람의 이름을 빌려서라도 등장하는 그가 소설을 쓴다. 소설은 이야기겠지만 이야기라고 내가 빠질 수 있나. 나는 말하는 사람이다. 나는 말하는 걸 듣는 사람이고 듣지 못하면 듣지 못하는 것도 말하는 사람이다. 어디라도 좋으니 내가 등장하지 않는 구석이 있으면 좋겠지만, 그런 얘기는 아직 못 들었다. 못 들었기 때문에 듣지 못하는 말을 누구라도 한다. 내가 아니면 네가 등장해서. 네가 아니면 생면부지의 돼지고기가 등장해서 말한다. 쇠고기도 좋고 말고기도 좋다. 하물며 돌도 말하는데. 여기서는 말하지 못하는 짐승이 없고 물건이 없고 모든 물건과 짐승이 소리를 내고 말까지 더듬는데 내가 빠질 수 있는 자리가 없다니. 당연하다. 나는 사람이고 사람의 목소리고 그래서 짐승이나 물건이나 모두 한목소리로 처리한다. 사람의 말. 지긋지긋해도 사람의 말. 허무맹랑해도 그 말이 짐승을 길들인다. 물건을 물건으로 내버려두지 않는다. 나는 방치되는 방식을 모른다. 나는 방치하는 방식도 모른다. 방치하는 방식으로 방관하는 자세는 나 하나로 족하겠지만 자세는 행동을 유발한다. 자세는 행동의 직전이거나 직후이거나 상관없이 방향을 가진다. 다음 자세를 향한 자세. 다음 자세가 되기 전의 자세. 다음 자세가 되고 난 후에도 사라지지 않는 자세가 이 문장에도 있고 저 문장에도 있고 자세를 취하면서 동시에 거두면서 물건은 움직인다. 짐승은 옮겨다니고 나는 여기 있다. 여기 있거나 다음에 있거나 어디에 있거나 모두가 움직이는 와중에 내가 있다. 도무지 빠질 수가 없는 내가 있다. 내가 없다면 어디에도 없는 네가 있다. 네가 없다면 어디에서도 발견되지 않을 그 모든 것이 내가 있다는 걸 지시한다. 암시한다. 폭로한다. 묵인한다. 모른 척하고 있다. 알은체하는 것과 다를 바 없는 태도로 말한다. 그것이 자세다. 그것이 행동이고 행동은 습관이 되려고 그렇게도 많은 행동을 반복했다. 담배 피우기. 술 마시기. 커피 내리기. 찌꺼기 버리기. 양치하기. 세수하기. 볼일 보기. 장보기. 웃음거리 만들기. 웃음거리 되기. 웃지 않기. 인상 쓰기. 울지 않기. 노려보기. 마지막으로 쓰기. 돈을 쓰듯이 펑펑 쓰기. 돈을 쓰듯이 아껴서라도 쓰기. 돈을 쓰듯이 저축하는 내 통장의 잔고에는 언제든 필요한 물건을 살 준비가 되어 있는 최소한의 용돈이 비치되어 있다. 필요한 물건은 많다. 필요치 않은 짐승이 많듯이. 필요한 물건과 불필요한 물건을 나누는 기준도 많다. 나는 한 가지만 선택해야 하리라. 하나라도 더 선택해야 한다면 그것은 사치. 도무지 사치라는 걸 모르는 나는 도무지 사치라는 걸 허용치 않는 내 통장의 잔고와 불화 없이 지내고 만족이라는 것과도 무관하게 지내고 무관이 극에 달하면 누구든 헤어진다. 만난 적이 없는 상태로 돌아가야겠지만 기록이 남거나 기억이 남거나 아무튼 무어라도 남아서 무관을 무관하게 말할 수 없는 나를 간섭한다. 이것은 말해도 좋지만 저것은 글쎄. 저것은 말하지 말아야겠지만 이것은 도무지 참을 수 없는 무언가의 말. 무언가의 잔해. 무언가의 응어리를 풀어주기 위해서라도 내가 보내는 것은 시간. 내가 사들이는 것도 시간. 비용을 지불하면서도 보내야 하는 시간을 너에게 준다. 네가 아니면 돌멩이한테라도 줄 것이다. 네가 아니면 받을 사람이 없기 때문에 받아야 하는 생면부지의 돌멩이가 넙죽 절한다는 말은 불필요하다. 기대할 것이 못 된다. 돌멩이는 돌멩이기 때문에 받는다. 돌멩이라서 응당 받아야 할 것을 너라고 받지 못할 이유가 나한테도 없다는 사실을 받아들일 수 없는 지점에서 매번 받아들인다. 받아들이면서 내가 되어온 사람에게 나의 자리를 물려주기 위해서라도 쓴다. 시간을 보내면서 쓴다. 읽는 것을 포함해서도 쓴다. 쓰지 않는 것이 있다면 쓰지 않는 것을 쓰지 않기 위해서라도 쓴다. 모든 것이 쓰는 것의 방식으로 쓰이고 지워지고 다듬어지고 조정되고 또 건설된다. 배제되는 것은 배제되는 방식으로 건설된다. 올라가는 것은 올라가는 방식으로 내려오는 경험을 누가 하더라도 누군가는 한다. 내가 아니면 네가 자원해서라도 내려오겠지만 그 승강기를 만들고 조종하고 고장나게 하는 것도 나다. 내가 고장났기 때문에 고장난 승강기. 내가 멀쩡하기 때문에 고장난 승강기. 이유가 어떻든 고장난 승강기의 원인과 책임과 해결책까지 모조리 떠안고서 나는 핀셋 하나를 지목했다. 누군가 연결 로프에 끼워놓고 간 핀셋 하나를 지목하면서 노후된 이 승강기의 고장을 좀더 분명하게 인위적인 사건으로 만들어놓았다. 나는 그 책임에서 자유로울 수 없다. 자유로울 수 없기 때문에 핀셋 하나가 초래하는 사소하거나 엄청날 수도 있는 사태의 추이를 끝까지 관망하고 있다. 방치는 아니다. 나는 방치를 모르는 인간이다. 나 또한 그렇게 교육받은 누군가의 결과물이며 누군가의 원인이 되려고 한다. 의도와 상관없이 나는 원인이 되었다. 의도와 상관없이 나는 말하고 있고 듣고 있고 오해하고 있고 의도와 상관없이 이해의 단서를 제공한다. 아무 단서 없이 퇴장하더라도 그리 놀랄 것 없는 등장인물이 또한 나다. 등장인물이 못 되더라도 나다. 내가 쓰는 소설에서 내가 등장하지 않는 소설을 쓰는 것도 나다. 불가능한 것을 불가능하지 않게 말하는 것도 나다. 내가 문제다. 내가 문제니까 나는 사라지지 않는다. 나라는 말만 쏙 빼먹고 사라지는 내가 얄밉기는 마찬가지인 너도 그래서 있다. 사라지지 않고 있다.

마르케스가, 마르케스를, 마르케스에게*

시골 장터의 마술사가 되고 싶었던 그 남자가 좋아하는 직업은 음모를 꾀하는 일이다. 그래서 죽을 때까지 비밀을 간직할 수 있는 능력을 가지고 싶은 그 남자는 한편으로 충성심이 강해서 누구든지 용서하고 본다. 사랑하지 않는 사람까지도 부드럽게 용서할 수 있는 그는 불길한 예언에 포위당한 로마의 한 장군을 좋아하지만 그 장군의 이름까지 기억하고 싶지는 않다. 그래봤자 장군이고 그는 죽었다. 친구들에 둘러싸여 고요한 죽음을 맞고 싶은 그의 바람 역시 어느 침대에서도 이루어지기 힘들겠지만 그럼에도 그가 꿈꾸는 이상은 영원히 사랑할 수 있다는 가능성이고 가능성이니까 잠자는 숲속의 공주는 영원히 잠만 자고 있지는 않을 것이다. 언젠가는 깰 것이고 깨지 않는다면 그 또한 대답을 보류하면서 시간을 보낼 것이다. 그는 하루 중에서 정오 이후의 시간을 서서히 좋아하며 정오 이전에는 결코 좋아하는 화가의 그림을 보지 않는다. 좋아하는 작가는 좋아하는 작품에 따라 다르고 보름마다 바뀐다. 현재는 어떤 복서의 경이적인 자서전 때문에 그의 경기를 다시 돌려 보는 것으로 하루가 간다. 그가 싫어하는 하루가 있다면 일요일이며 일요일에는 아무도 쉬지 않는 것을 용납하지 않는 나라가 싫다. 그가 좋아하는 색깔은 장미가 만들어내는 색이며 어떨 때는 빨갛고 어떨 때는 시들고 있는 장미가 그의 책상 앞에 꽂혀 있는 것을 멍청하게 바라보는 걸 좋아한다. 그는 친구들을 볼 때도 여자들을 볼 때도 비슷한 눈길을 유지하려고 애쓰는 바보들을 좋아하지 않는다. 당연하게도 허리 밑에서 저지르는 실수는 관대하게 용서할 수 있는 입장을 옹호하지만 그 또한 보름마다 바뀌는 좋아하는 작가의 성향에 따라 달라진다. 이번 주에는 너무 선정적이라 출판할 수 없는 책을 읽으면서 자신의 실수를 관망하고 있다. 이다음에 읽을 책은 너무 고전적이라 출판할 수 없는 책이었으면 한다. 그는 변덕이 심한 자신을 언제 어디서나 알아보는 친구들이 되고 싶고 그래서 아무런 이유 없이 지나가는 사람에게 말을 건넨다. 나를 알아보겠소? 모르겠다면 당신 역시 불행한 사람이고 나 역시 불행에 감염되지 않으려고 애를 쓰는 당신이 되고 싶지 않소. 모르는 사람 앞에서 모르는 사람의 재능을 점칠 수 있는 그의 재능은 장차 그가 살고 싶은 곳의 위치도 바꾸고 있다. 어제는 초원이었지만 오늘은 밀림에서도 가장 깊숙한 곳의 슬픈 개울 옆을 원하고 있다. 잠시나마 영원한 존재가 되고 싶었던 그의 이상은 스스로 영원하지 않다고 의심하면서 불행해지고 있다. 그는 그 불행을 기꺼이 즐긴다. 잠자는 숲속의 공주가 언제 깰지는 아무도 알 수 없다.

* 가브리엘 가르시아 마르케스의 인터뷰에서.

왕은 죽어서도……

방금 전까지 아프다고 하더니 웃고 있다. 이건 왕의 자격도 없는 왕의 캐릭터. 연기는 부족하지만 마스크는 꽤 괜찮은 신하들을 거느리고 있다. 진실은 부족하지만 마음만은 비단결인 시종들도 같이 등장한다. 이 연극에서 왕은 죽은 뒤에도 3백 년 뒤에 나타나서 군중들이나 빵 부스러기 속에 섞인다. 속삭임이 적당하지만 구호가 더 잘 어울린다. 당신의 우유부단한 독재는 영구 집권과 영생과 다음에 환생할 적임자를 위해서 고뇌하고 또 고뇌하는 거실과 어울린다. 오늘은 나의 아흔아홉 번째 생일을 축하할 연주를 위해서 33년째 연습하고 있는 군악대를 치하하고 돌아왔다. 사료를 보면 그는 마흔다섯 살에 죽고 열두 살에 보위에 오르고 군악대는 악보를 공개할 수 없다. 이 곡은 결코 연주된 적이 없으니 오로지 왕을 위한 3악장. 군악대와 예비 군악대와 예비 군악대를 위한 예비 군악대까지 모조리 무덤 안을 지켜라. 그들은 연주하는 자세 그대로 돌이 되거나 뼈가 되거나 부스러기가 되고 있다. 이 정도면 괜찮지 않아? 무덤 안에서도 그들은 각자의 포즈를 신경쓴다. 방금 전까지 죽겠다고 하더니 웃고 떠들고 잠잠해지고 있다. 서서히 행복하다.

검은색 륙색 가방

무언가를 또 뱉어내고 있다. 가방 속에서 자꾸 가방이 나온다. 열쇠를 어디 뒀더라. 도장은 어디로 사라진 거지? 그리고 나의 노예계약서. 그게 없으면 나는 어디서도 해방될 자격이 없어. 이렇게도 멀리 여행을 떠나왔는데, 그걸 탈출이라고 부를 도피라고 칭할 자유라고 떠들 근거가 어디로 사라진 거지? 검은색 륙색 가방은 방금 전까지 떠나온 그의 여행을 몹시 후회하고 있다. 내가 왜 데려왔을까? 이 많은 가방의 주인들을.

부산

서울에서 분노한 사람이 부산에 왔다. 숙소에 짐을 내려놓고 곧바로 서울로 갔다. 더 많은 짐을 싸가지고 오기 위해서 그는 분노할 것이다. 왜 서울에서 분노하는가? 부산에서는 분노할 것이 없는가? 그는 짐을 내려놓고 말했다. 분노가 쌓이면 또 싸가지고 갈 짐을 한가득 내려놓고 말했다. 여기도 사람이 많습니까? 충분히 많지요. 그러니까 떠났겠지요. 이렇게도 많은 사람들이.

한창때

당신이 왜 저렇게 되었을까요? 브라운관을 보면서 내가 말했다. 그걸 알았다면 저러고 있지 않겠죠. 브라운관을 보면서 당신이 말했다. 부끄러운가요? 많이 부끄럽지요. 알았다면 이제 끕시다. 저 화면 속의 당신도 그걸 원하지 않을까요? 그냥 두세요. 더 부끄러워지게. 저 사람은 지금 부끄러운 걸 모릅니다.

진짜 시인

진짜 시인은 진짜 시인에게 미안하다고 말한다. 진짜 시인이 못 돼서 미안하다고 말한다. 진짜 시인이 못 돼서 미안한 시인에게도 같은 말을 한다. 언제 그만둘까? 미안하다는 말을 미안하다고 계속하다보면 어디서 어디까지가 미안한 줄도 모르게 영 미안해진다. 진짜로 미안해지는 것 같다. 진짜로 미안해하는 시인 앞에서 진짜로 미안할 때까지 잠자코 있는 연습도 못할 짓이다. 미안해서 그만둔다. 미안해서 내가 잘못한 것 같고 미안해서 못 들은 걸로 하자는 말을 누가 먼저 하든 미안하기는 마찬가지다. 이쪽이나 저쪽이나 고개를 숙이고 있다. 눈을 치켜뜨고 있다. 아직도 덜 미안한 쪽이 아직도 더 미안한 쪽을 찾고 있다. 그게 시인인가? 진짜 시인이라면 인정한다. 너무 미안해서 인정할 수밖에 없는 시인을 대접할 수 있는 방법은 미안하게도 없다. 극진하게도 없다. 더 극진하게 미안할 방법밖에는. 미안하게도 그게 전부다. 진짜 시인은 아무도 미안한 줄을 모른다. 모르니까 쓴다.

정가

읽다보면 한없이 덮고 싶어지는 시집을 읽었다. 시집이 아니라 소설이었다. 산문이었다. 일기였다. 편지였다. 어쩌면 그 모든 것이었다. 그 모든 것이 담겨 있는 시집은 아름답지도 않았고 감동적이지도 않았고 슬프지도 않았다. 충격은 예전에 받은 충격이었다. 그럼에도 읽었다. 한없이 읽다보면 한없이 덮고 싶은 생각도 한없이 덮어질지 모르는 일. 영원히 덮을 수 없는 사태가 벌어지더라도 그것은 나의 일이 아니라 남의 일처럼 멀어 보였다. 한없이 멀어지는 시집이었다. 그 시집을 쓰려고 그는 소설을 썼나. 일기를 썼나. 아니면 다른 무엇을 썼는지도 모른다. 그도 모르고 썼을 것이다. 앞으로 매겨질 그의 정가를. 지금은 권당 9천 원에 팔린다. 외롭거나 괴롭거나 9천 원에 팔린다.

성깔 있는 개*

손에는 총을 들고 있다. 그는 아무도 해치지 않을 자세이지만, 그 자신만큼은 꼭 죽여야 될 이유를 가지고 있다. 마누라도 죽고 하나 남은 자식도 죽고 완전히 혼자가 되었을 때 그는 유쾌하게 총을 구입하러 갔다. 고전미가 물씬 풍기는 권총을 구입했다. 관자놀이에 총구를 대고 방아쇠를 당겨도 빗나가는 불상사를 방지하기 위해 석 달 동안 치밀하게 사격 연습을 하였다. 그리고 가장 가까운 거리에서 방아쇠를 당겼다. 가장 가까운 곳에서 기다리던 소리가 들렸다. 산도르 마라이. 그는 이 말을 남기고 태평양에 묻혔다. 그래서 나는 지루하지 않다고.

* 산도르 마라이의 소설.

3부

피살자

칼에 찔린 자국도 있고
군데군데 얻어맞은 흔적도 있다.
피멍이 든 얼굴을 향해
검시관이 말한다.

딱 보니 자살이네.
자네 의견은?
딱 보니 자살입니다.

그래서 그는 누워 있다.
별다른 저항 없이
굳어가는 그를 향해
검시관이 말한다.

왜 죽었을까?
글쎄요.
왜 죽었을까요?

변사체

풀밭은 부드럽게 변한다. 네 시체는 웃음거리로 변한다.
누가 봐도 네 시체인데 네가 아니라고 말하는 입들이 변한다.
시체는 시체니까 변한다. 사람은 사람이니까 변한다.
더 변할 것이 있나. 변하고도 남을 것이 변한다.
죽은 지 한 달 만에 발견된 시체를 발견한 시간도 변한다.
그 시간이면 미라가 되고도 남았을 시간에 변한다.
갑자기 돌이 되고 있어도 변한다. 무언가가 실종됐는데
뭐가 실종됐는지 몰라서 변한다. 감쪽같이 변한다.
지금 나타나지 않으면 두 번 다시 나타나지 않아서 변한다.
더 변할 것이 있는가. 풀밭에서 풀밭으로 변한다.
부드럽게 변한다. 누가 봐도 돌멩인데.

(너는 어디 살고 있는가)

시체의 친구

죽은 시체의 친구를 찾고 있다. 시체는 죽었고 친구는 아직 살아 있을지도 모르니까. 우선은 친구가 누구인지부터 알아야 한다. 친구는 누구일 것이다. 누구가 아니면 무엇인가? 무엇이라도 좋다. 친구가 있다면 찾아야 한다. 시체의 소식을 알려야 한다. 시체는 부패를 시작했다. 더 시작하기 전에 시체의 친구를 찾고 알리는 일. 그것이 남아 있는 일이자 이미 시작하고 있는 일인데 친구는 어디 있는 것일까? 누구라는 이름도 없이 무엇이라는 명명도 없이 나는 친구를 찾는다. 시체의 친구는 시체가 되기 전에도 친구였고 시체가 된 이후에도 친구이겠지만 친구는 묘연하다. 처음부터 없었던 것은 아닐 것이다. 세상에 친구 없는 시체가 어딨겠는가. 시체 없는 친구가 없듯이 친구는 반드시 있어야 하고 반드시 없다면 만들어서라도 찾아내는 것이 친구를 찾는 자의 몫이겠지만 의무는 버겁다. 권리는 생각도 못했다. 단지 몫이니까 몫으로 떨어져 있는 시체의 친구 찾기가 광범위하게 벌어지고 있다. 시체를 중심으로 하나하나 탐문하면서 범위를 넓혀가면서 친구가 될 만한 것은 모조리 수소문하면서 친구를 찾는다. 하나하나 짚어가자면, 뱀, 지렁이, 닭, 쥐, 쥐 같은 새끼, 새끼 같은 여우, 여우 같은 정부, 정부 같은 독수리, 독수리 같은 승냥이, 승냥이 같은 날다람쥐, 날다람쥐 같은 꼭대기. 꼭대기 같은 그놈과 그놈으로 먹고사는 다른 놈들, 다른 년들, 다른 시체들, 다른 냄새와 다른 핑계들, 핑계 대기 좋은 식물과—그것들은 말을 못 하니까—식물 중에서도 엉겅퀴, 개망초, 씀바귀 뭐 이런 것들이 시체의 주변을 둘러싸고 있지만 그것들은 멀다. 멀어도 한참이나 먼 곳에서 그의 친구를 찾다가 되돌아왔다. 시체는 부패를 시작하고서도 한참이나 더 시작하고 있다. 더 시작하다가 아예 문드러지기 전에 발견되는 것들. 구더기나 송장벌레 같은 것들. 시체를 중심으로 몰려드는 것들. 그것들이 그의 친구일까. 부패를 시작하고서도 한참이나 부패한 그의 친구들일까. 그러나 구더기는 그의 친구가 아니다. 송장벌레도 그의 친구가 아니다. 송장벌레는 송장벌레의 친구이고 구더기 역시 구더기의 친구로서 파리를 꿈꾼다. 그가 꿈꾸는 것은 그럼 무얼까? 그 시체가 꿈꾸던 것은 그럼 무엇이었을까? 친구였을까? 친구였다면 누구라도 찾아오지 않았을까? 아니라면 그 무엇이라도 찾아와서 그를 수습해주지 않았을까? 그는 외롭게 썩어간다. 한참을 부풀다가 폭삭 꺼지고 있다. 시체는 그 시체를 찾아줄 친구를 찾다가 포기해버린 나의 시선을 어느 날부터 말끔하게 거두어갔다.

문장 감식반

잘한 일인지는 모르겠으나 내가 무슨 일을 하고 있다면 그건 아마 문장 감식반이 되는 일일 것이다. 문장 감식반이 되는 일은 쉽지가 않다. 우선은 문장이 있어야 하고 그걸 감식하는 부서가 있어야 한다. 이 세상에 문장은 많다. 어떤 것이든 문장이 될 수 있다. 당연히 어떤 것이든 문장으로 변신할 수 있는데, 문제는 어떤 문장인가이다. 어떤 문장이 되는가에 따라 그 문장이 소속되는 운명은 달라진다. 어떤 것은 법조계의 문장이 된다. 어떤 것은 과학 저널의 문장이 된다. 또 어떤 것은 철학서의 문장이 되고 또 어떤 것은 뜻하지 않게 문학의 문장이 된다. 문학에서도 시의 문장이 되는 것은 참으로 드문 일이지만, 드물더라도 일어나기는 일어난다. 반드시 일어나는 일 중의 하나로 시의 문장이 있다. 반드시 일어나지만 언제 어디서 어떻게 어떤 원리로 일어나는지를 일목요연하게 정리해주는 문장은 없다. 어떤 문장이 시가 되는 순간은 말 그대로 한순간이다. 한순간이니만큼 한순간을 기다리는 시간이 절대적으로 필요한 문장이 희생시키는 문장은 또 얼마나 많은지 알려주는 문장 역시 없다. 어떤 문장이 시에서 발견되었다면, 그 문장은 이미 그보다 최소한 몇 배수의 문장을 짓밟고 나온 문장일 가능성이 농후하다. 분명하게 보이거나 희미하게 보이거나 아예 보이지 않는 경우에도 모든 시의 문장에는 그래서 종종 혈흔이 묻어 있다. 혈흔이 숨어 있다. 혈흔이 녹아서 흐르는 피의 냄새가 어떤 문장에서 난다면 그 문장은 이미 시의 문장이 될 가능성이 농후하다. 미리 격리시켜야 할 문장. 미리 격리시키거나 최대한 멀리 떨어뜨려놓아야 하는 문장. 아니면 아예 이 세상의 문장이 아닌 것으로 조치를 취해야 하는 문장. 가장 확실한 방식은 펄펄 끓는 문장들의 용광로 속에 집어넣고 형체도 없이 사라지게 만드는 것. 그러기에는 너무 많은 품이 들어가니까 애써 외면하는 방식으로 있어도 그만 없어도 그만인 것처럼 따돌리는 방식도 있기는 있다. 그러나 한번 문제를 일으킨 녀석은 언젠가 꼭 한 번은 더 문제를 일으킨다. 그리고 또 일으킨다. 그러니까 문제아겠지. 마찬가지로 한 번이라도 혈흔을 묻힌 문장은 언제 어디서 어떤 방식으로 소외시키더라도 반드시 그 혈흔을 다시 묻힌다. 다른 문장에게로 옮아가는 그 혈흔이 두렵다면, 다시 말하지만 문제의 그 문장을 용광로에 집어넣어서라도 완전히 제거하라. 그럴 자신이 없다면 혈흔이 묻은 그 문장을 차라리 내버려둬라. 어떤 문장이든 묻히고 다닐 수 있는 혈흔의 양은 한계가 있으니까. 기껏해야 수십 문장, 간혹 수백 문장이 될 때도 있지만, 그래봐야 이 세상 모든 문장들의 입장에서는 먼지 한 점의 분량도 되지 않는다. 먼지 한 점. 그래 먼지 한 점을 훼손하기 위해 혈흔의 문장이 있다. 문장의 혈흔이 있다. 그 혈흔이 탄생하기 위해서도 수십 수백 문장의 희생이 있었고 그 혈흔이 탄생한 다음에도 수십 수백 문장이 훼손될 위기에 처해 있지만, 아무렴 어떠랴. 먼지 한 점이라는데. 그래 먼지 한 점이다. 이 문장에 묻은 혈흔의 범위. 혈흔의 가치.

혈흔의 영향력. 그리고 또 어떤 문장이 그 영향력에 푹 젖어서 혈흔을 묻히고 나올지 알 수 없는 곳에 어이없게도 시가 있다. 시는 어이없이 나와서 있다. 대체로 넋이 빠진 채로 나와서 감식을 기다리고 있다. 내가 얼마나 많은 문장을 죽였는지 자신도 모르겠다는 표정으로 넋 나간 현장을 전시하고 있는 것이다. 이미 많은 문장들이 넋이 나가 있다. 혼이 빠져 있거나 이미 죽어 있다. 이미 사라진 문장도 있다. 앞으로 사라질 문장도 앞으로 사라지기 위해서 달아나는 사태를 미연에 방지하기 위해서라도 격리시켜야 하는 문장이 있다. 격리시켜야 하는 현장에 내가 들어가서 있다. 거의 문장이 아닌 것을 보고 있다.

먼지 행성의 주민들을 위한 무관심한 노트

얼굴이 꼭 산, 바다, 자연일 필요는 없지 않는가? 도시 한가운데 빌딩이거나 공터이거나 놀이터일 필요도 없지 않는가? 얼굴은 풍경이지만, 우리가 흔히 생각하는 풍경일 필요는 없다. 얼굴은 반드시 얼굴이고 표정이 숨어 있고 그 표정이 시시각각 움직이면서 날씨처럼 걷잡을 수 없는 이야기를 만들어낸다. 그래, **얼굴이 풍경으로 고정되기 전 이야기가 끼어든다**. 숨어 있는 이야기. 혹은 한 사람의 고유한 인상. 시시각각 변하는 그 사람의 본질 때문에 나의 판단은 하루에도 열두 번씩 변하고 아침저녁으로 그를 증오하고 사랑하고 용서하고 또 포기한다. 그에게서 일정 지분의 풍경을 끄집어내기 힘든 것도 이 때문이다. **그는 혼합된 공기다**. 여러 성분의 흙이 대지를 이루어가듯 단 한 가지로 확정될 수 없는 성분이 그의 얼굴과 상공을 장악하고 있다. 대기권을 벗겨내면 곧바로 지상이 나타나는가? 대기권을 뚫고 나가면 곧 지구 밖인가? 지구의 안은 그럼 지표면 안쪽으로 만족할 수 있는가? 그 사람의 내면은 충분히 조용하고 암담한 침묵 속에서도 고통스런 단어를 찾아낸다. **단어가 말한다**. 어디로든 데려가는 문장을 찾아달라고. 내가 말한다. 혼자서는 안 되겠니? 얼굴 여기저기를 걸어다니는 눈, 코, 입의 합창으로 나는 가장 강력한 불만을 표시했다. 화가 나면 단어는 말이 없다. 얼굴은 표정을 감추지 못한다. 생각은 여러 번 얽히고 설켜서 소리친다. 내가 방금 무슨 말을 했지? 그건 욕이 아니야. 그건 한숨 소리도 아니야. 그건 내가 아니야. 내가 아니라고 나무는 숲을 이루고 숲은 나무 한 그루쯤 간단히 무시하는 전략을 치밀하게 짠다. **누군가의 표정이 치밀하게 빠졌다**. 누군가의 미래가 각본 없이 사라지는 장면을 나는 본 적이 없다. 증명할 수도 없다. 나는 본다. 나의 얼굴을. 나의 무신경한 날씨를. 나의 지나치게 높은 빌딩 꼭대기에서 떨어져내리는 한 사람의 자존심을 무시하고 말한다. 아직도 무사하다고 땅바닥에 흘린 얼굴을 주워 담으며 그가 말했다. 약간 일그러진 표정으로 그의 진심을 진심으로 받아들이는 자세를 고민하였다. 귀를 쫑긋 세울까. 눈에다 눈을 맞출까. 아니면 꼬았던 다리를 풀고 그만 일어서서 나갈까. 시간이 지나치게 길다. 무료해서 하품이 나오는 다방에서 성냥갑에 그려진 에펠탑을 언제 가볼까 고민하였다. 나는 갔다. 속리산으로 지리산으로 그리고 설악산에서 만난 대설을 다시 보러 갔다. **올해는 눈이 부족해서 차량 사고가 급증했다**는 노르웨이의 어느 지방 뉴스를 들으면서 상상하였다. 상상하면서 들었다. 이건 너무 교훈적이라고. 이건 다시 생각해볼 여지가 충분한 동화라고 나는 감상평에 깨알같이 써넣었다. 모래알같이 할말이 많은 먼지였다. 먼지의 작품은 한 사람의 얼굴에서 두 사람의 얼굴로 곧 도시 전체의 얼굴로 번져간다. 마스크를 끼고 다니면 될 것 같다. 유행에 뒤처지지 않으려면 재빨리 겨울색 마스크를 구입하거나 해외로 여행을 떠나야 한다. 마스크는 동이 났다. 여름이 오려면 아직 멀었다. 지구 반대쪽에서 여름이 가고 있다. 겨울이 그립다고 남반구에서 써보낸 편지는 겨울에 도착할 예정이다. 선박으로 옮겨지는 온갖 미생물과 곤충들 덕분에 올해의 강자는 언제 바뀔지 모르는 정상을 유지하고 있다. 먹이사슬의 맨 꼭대기에 있는 먼지도 그런 점에서 할말이 많다. **매년 새로운 먼지가 지구상을 찾는다**. 지표면을 뚫고 올라오는 지구 내부의 무관심한 침묵 역시 먼지를 동반한다. 때때로 터지는 얼굴과 여드름 자국 때문에 불만이 많은 청소년 시절을 위로받기 위해서 연고를 바른다. 누구도 관심이 없다. 내 여드름 하나를 사랑하는 사람은 내가 아니다. 너도 아니다. 누구든 관심을 쥐어짠다. 다른 사람의 숲에서 건져올린 나의 매력. 나의 대단한 회복 능력. 누가 죽어도 관심없는 인구 70억을 위해서 누가 죽는다. 그는 선각자? 예지자? 희생자? 아니다. 나무 한 그루가 숲 전체를 먹여 살리기 위해선 풍경도 정치를 해야 한다. **정치 없이 이루어지는 풍경은 없다**. 자연도 없다. 우주도 없다. 인간이 없으면 가능하다. 인간이 없으면 또하나 불필요한 고민이 사라진다. 바로 나. 나라는 죽음. 죽음이라는 영원. 찰나를 견디는 여유. 불필요하다! 불필요한 친구들이 나의 고민을 해결해준다. 불필요한 암흑세계가 정치를 지탱하듯이. 나는 겨우 버티고 서서 먼지 따위에 넘어지지 않는 튼튼한 다리와 정신세계를 가지게 되었다. 나는 걸어가면서 먼지를 마시고 걸어가면서 먼지를 내보낸다. 잘 가라고 손짓하는 이유를 찾는 것도 불필요한 먼지 때문에 사막은 황토로 바뀌고 황토는 옥토로 바뀌고 농토는 점점 사막을 닮아갈 것이다. 나무 한 그루 자라지 않는 내면은 굳이 안에서 찾을 필요가 없다. 나는 나무가 되거나 사막이 될 것이다. 아니면 배설물? **낙타 똥처럼 요긴한 그 인간을 늘 곁에 끼고 두는 이유**를 이제야 말하지 않아도 될 것 같다.

전쟁과 평화

이것은 몇 사람의 러시아인에 대한 이야기다.* 이것은 몇 마리 개에 대한 이야기이기도 하다. 그리고 이것은 명백히 나에 대한 이야기다. 나에 대한 이야기이므로 이것은 말하는 것을 그치지 않는다. 내가 입을 다물지 않는 이상. 내가 손가락을 움직이지 않는 이상 이것은 어떤 글자도 생략하거나 삭제하지 않을 것이다. 이것은 말해놓은 그대로 말해지고 있다. 내가 무엇을 말했는가. 무엇을 떠들었고 무엇을 끝내 함구했는가에 대해서 이것은 말하지 않는다. 내가 입을 열지 않는 이상 이것은 몇 마리 개에 대한 얘기도 되지 못한다. 하물며 러시아인이야 말할 것도 없이 더는 복잡한 관계 속에 빠져들지 않을 것이다. 한두 명이 아니고 서너 명도 아닌 그들의 이야기는 이것이 진술해놓은 질서를 따라서 전쟁과 평화를 경험한다. 나머지 몇 사람도 전쟁과 평화를 경험한다. 아마도 수천만 명이나 수억 명은 될 것이 분명한 그들의 전쟁과 평화를 진술하는 데도 이것은 꽤나 유용하게 사용될 것이다. 단지 몇 명의 인간에 대한 이야기가 되기 위해서 그들은 압축되고 집약되고 생략되고 삭제된다. 단지 몇 명의 인간만이 필요하다. 이것이 되기 위해선 나조차도 몇 명으로 충분한데, 많아야 수십 명일 텐데, 복잡하기 짝이 없는 이 관계를 극명하게 드러내는 한 방식으로 이것이 있다. 이것은 간단하다. 단순하다. 무지막지하다. 스스로 복잡한 환경에 처하지 않는 방식으로 이것은 나를 지시한다. 이것은 간단히 말해 나다. 나라는 한 인간과 몇몇 관계들. 나라는 한 덩어리와 그 주변의 얼룩들. 나라는 한 마리 작고 보잘것없는 짐승과 그것을 기르다가 키우다가 잡아먹거나 내쫓아버리는 온갖 너저분한 상황들을 이것은 단 한 문장으로 요약한다. 유기견에 대한 이야기로. 아니면 버림받은 한 남자의 심경으로. 그도 아니면 스스로 자청해서 외로워지는 떠돌이이자 외톨이인 한 외계인에 대한 보고서로 옮겨갈지도 모른다. 나는 이것이 두렵다. 나는 이것을 좋아하고 즐겨 찾고 기꺼이 투신할 수도 있는 대상으로 여겨왔지만 나는 이것이 불안하다. 불안하다못해 공포스럽다. 이것이 언제 찾아올지 이것이 언제 찾아와서 나를 싣고 가버릴지 매번 불안한 이삿짐에 실려서 옮겨가는 나의 집을 나의 방을 나의 침대를 나의 작고 보잘것없는 머리맡의 한 짐승을 어떻게 다독여야 할까? 이것은 다독이지 않는다. 잊게 해주지도 않는다. 이것은 잊을 만하면 나타나서 일깨운다. 이것의 존재를. 이것의 뜬금없는 방문을 나 역시도 어쩌면 반기고 있다는 사실을. 요즘은 왜 이렇게 뜸했느냐고 반색을 하고 묻는 내 얼굴에서 어떤 짐승이 보이는가. 어떤 인종이 보이고 또 어떤 불굴의 의지가 보이는지를 이것은 잘 안다. 누구보다 내가 더 잘 안다. 나는 이것 때문에 망해왔고 이것 때문에 살고 있다. 이것이 나다. 이것이 나라는 사실을 부정하는 것도 나다. 이것이 나라는 사실을 부정하지 못해 발버둥치는 것도 나다. 이 모든 것이 이것 하나로 응결되는 지점에 그의 소설이 있다. 그의 소설은 매일 조금씩 수천 글자씩 써나가는 것으로 완결되고 있다. 단 하나 이것에 대한 헌사를 남겨두고 있다. 이것 때문에 몇 사람의 하루가 그렇게도 긴 일생으로 요약되고 있다.

* 우디 앨런.

해설

문장-사유-주체

—'쓰다'와 '발생하다'의 변증법

조재룡(문학평론가)

인간이 스스로를 주체로 구성하는 것은 언어 내에서 그리고 언어에 의해서이다. 이는 오직 언어만이 현실 속에서, 존재의 현실인 자신의 현실 속에서, '자아' 개념을 정립하기 때문이다.

—에밀 벤브니스트[1)]

문장-실험-갱신

김언의 시를 가장 잘 표현하는 단어 하나가 있다면, 그것은 '실험'이다. 김언은 항상 실험의 한가운데에 있었다. 그는 실험을 위한 절차를 고안하였고, 실험에 필요한 말의 맥진을 산파하였으며, 실험에 의해 말로 사유의 뭉치들을 발생시키는 작품들을 선보여왔다. 매 시기 그에게 실험은, 시라는 상태를 촉발시키려는 자율적인 언어 운동의 형태들을 이끌어내는 새로운 작업으로 수렴되는 듯했으며, 이 과정에서 그는 '사건-대화-운동'과 같은, 곧잘 난해하지만, 이 세계를 향해 빗발치듯 쏟아지는 사유의 요청들을 오롯이 발화의 산물로 받아내고 표현의 정점으로 끌고 와, 미답의 영역을 하나씩 개척해 나아갔다. 그렇게 그는 홀로, 세계라는 이 무정형의 덩어리 앞에서, 언어를 들고 내내 싸웠다고 해도

1) Emile Benveniste, "De la subjectivité dans le langage", in *Problèmes de linguistique générale*, I, Gallimard, 1966, p.259.

좋겠다. 그의 시집을 읽어온 자라면, 이 과정은 차라리 전진의 순간들로 가득하다고도 말할 수 있을 것이다. 그렇게 김언의 시와 함께 우리 역시, 언어를 들고 미지를 열망하는 주인이 되어, 그가 새겨넣은 독특한 사유의 무늬를 이 세계에서 함께 매만지고, 그가 가로지르고자 내딛은 새로운 특이점의 저 갈래길들을 한번쯤 걸어보려 했을 것이다. 그가 언어라는 횃불을 들고 세계의 안으로 걸어들어간 바로 그만큼 환해지는 새로운 영토를 바라보면서, 우리는 고심의 결과를 목도하고 기투의 절정도 함께 맛보았을 것이다. 애초부터 그는, '문장론'을 벌써 구상하고 있었다는 점에서, 말의 기획자이자 사유의 주재자였다고 해야 할지도 모르겠다.

그 문장이 그 사람을 말한다, 말해준다는 사실.

한동안 탐색했던 불구의 문장들. 주어가 하나 더 있거나 술어가 엉뚱하게 달려 있거나 앞뒤가 안 맞는 문장들. 팔다리가 하나 더 있거나 머리가 둘이거나 아무튼 정상과는 거리가 먼 문장들.

(……)

문장 하나에 사람과 문장 하나에 습관과 문장 하나에 운명과 문장 하나에 세계가 다 녹아들 수 있다는 과욕, 혹은 환상. 불가능에 도전하는 것이 시라는 과욕, 혹은 환상. 그리하여 처음과 끝이 다른 인생 혹은 문장. 시작하자마자 죽는 인생 혹은 문장. 더럽게 목숨을 부지하는 인생 혹은 문장. 한마디로 딱 부러지는 문장 혹은 인생. 도대체가 정체를 알 수 없는 문장 혹은 남자.

남자에서 여자로, 여자에서 남자로 끊임없이 넘어가는 문장 혹은 세계. 그 자체로 세계인 문장. 이 모든 것들이 한 문장에 녹아들기보다는 문장마다에 스며들기를 연습하는 것. 그러면서도 말을 바꾸는 연습 혹은 문장. 인생이 초지일관한 문장은 그래서 드물 것이다. 아주.

문장에서 인생이 보인다면, 세계가 보인다면 나는 소설을 쓰는 것처럼 시를 쓰고 있는 것이다. 인물 하나가 하나의 문장을 점유할 때 하나의 문장에 기대어서 자신의 성격을 까발리고 곧장 숨어버리는, 다음 문장에서는 또 다른 사건이 터지기를 기다리는 오늘 밤이 세계가 아니고 무언가.

—「詩도아닌것들이—문장 생각」 부분[2]

시집 『거인』은 명백히, 문장론에 대한 입론이자 기획의 시편으로 마감되었다. 말미에 실린 위 작품은 향후 문장 실험이 시작될 것이라는 예견과 사뭇 닮아 있는, 그러니까 "소설을 쓰는 것처럼 시를 쓰고 있는" 자신을 이내 발견해나가리라는 사실을 시인이 조금 앞당겨 천거하는 동시에 서둘러

2) 김언, 『거인』, 랜덤하우스중앙, 2005, 120~121쪽.

알리고 있는 글, 그러니까 철저히 전미래적인 성격의 서술이었다. 과연 그러했다. "그 문장이 그 사람을 말한다, 말해준다는 사실"은 시집 『거인』의 결구이자, 곧 새로운 발생을 준비하는 미래의 특이점이 되었다. 이렇게 김언은 『소설을 쓰자』에서 '내가 말하는 곳이 바로 내가 세계를 아는 곳'이라는 테제를 우직하게 밀고 나갔으며, 그는 앎의 장소로서의 문장론을 꺼내들고 캄캄한 카오스와도 같은 세계로 다시 뛰어들었다. 어두운 곳에 길 하나가 새로 태어났다.

이보다 명확한 사건을 본 적이 없다.
사건 다음에 문장이 생기는 것이 아니라
문장 다음에 사건이 생긴다. 어떤 문장은 매우 예지적이다.
어떤 문장은 매우 불길하다. 그리고 어떤 문장은
자신의 말에 일말의 책임을 진다. 그것은 조금 더 불행해졌다.

당신 앞에서 누가 손을 내미는가. 그것은 거지의 손이거나
도움의 손길. 아니면 서로가 평등하다고 착각하는
무리들의 우두머리가 맨 처음 만나서 나누는 인사.
그들은 무리들을 대표한다는 점에서 동일하지만, 평등하지는 않다.

공평하지도 않다. 누군가의 손이 더 크다. 이 문장이
사소한 분쟁을 일으킨다. 커다란 의문에 휩싸인다.

—「이보다 명확한 이유를 본 적이 없다」 부분[3)]

우리가 사건이라고 부르는 것, 진리의 발생 순간이자 그 장소라고 말해온 '사건'은 오로지 '언어에 의해 언어 안에서' 형성되고 해체되기를 반복하는, 그런 사건을 의미할 뿐이다. 스스로 땅에서 솟아나는 사건도, 하늘에서 불현듯 내려와 골몰하며 현현하는 진리도 존재하지 않는다. 언어의 불가역성에 대한 김언의 당파적 입장은 모호하고 추상적인 주장이 아니라, 사건이란 결국 발화가 발생시키는 발화에 의해 발생하는 사건일 뿐이며, 문장 사용자의 권역에서 일어나는 말의 '주체화 과정(subjectivation)'에 의해 나고 또 진다는 것을 전개해낸 진지한 탐구와 맞닿아 있다. 현대 언어학의 가장 눈부신 성과는 기실, 말이 전제된 다음에야 비로소 세계도 주어진다는, 다소 막연했던 주장을 문장의 '사용(usage)'(비트겐슈타인)이나 낱말의 '가치(valeur)'(소쉬르) '생성중인 활동(energeia)'(훔볼트)과 같은 관계론적 개념들로 단단히 묶어 체계화했다는 데 있다. 언어와 관련된 이러한 사유들은 따지고 보면 중요하다 할 만한 수준에 머무는 것이 아니라, 우리가 언어 예술이라고 부를 수밖에 없

3) 김언, 『소설을 쓰자』, 민음사, 2009, 90쪽.

는 시와의 연관성에서는 차라리 치명적인 관점인 것으로 보인다. 문장의 사용이나 발화를 통해, '사건'이나 '대화'와 같은 개념들을 훌륭히 전유해내면서, 김언이 밀어붙인 저 실험의 끝에서 조우하게 된 것은 다름아닌, 바로 이 관계성, 그러니까 낱말이 뭉치고 흩어지며 만들어내는 문장의 '운동'이자 운동의 고유한 발현, 의미 생성의 과정을 찾아나선 주체의 모험이었다고 해야 한다. 또한 '문장의 운동'이라는 화두는 당시에는 출간되지 않은 그의 시집에서 향후 개척해낼 제 터전을 앞당겨 불하받는다.

배운 대로 행하는 문장들이 먹은 대로 토하는
문장을 쓰고 있다. 하늘이 아니면 바닷가에서
사막이 아니면 어느 숲에서 낱말은 기어이 행동이 되려 한다.
연기는 기어이 달아나는 문장을 쓴다.
누군가는 기꺼이 익사하는 문장을 쓴다. 달아나다가 제 속에서 허우적대는 팔과 다리를 가지고 나오는 것이다. 식탁 위에서
(……)

명사는 걸어간다. 동사는 말을 하지 않는다. 수사는 이걸로 족하다. 그다음 문장.
달팽이는 흘러가고, 점액질의 그 단어는 걸으면서 위장

하는 능력이 있고, 감추는 화법은 스스로 익사하는 문장 속에서 부족한 단어를 끌어모아 발버둥친다. 이거라도 붙잡고 올라오는 연습. 식탁 위에서

다른 사람의 입속에서

—「나는 식사하는 문장을 쓴다」 부분[4)]

언어는 모종의 단위들로 구성되며, 그 단위는 '명사' '동사' '수사' 등으로 이루어지는 최소한의 구조다. 방금 우리는 '이루어진다'고 말했지만, 김언의 경우, '구축한다'가 오히려 적절해 보이는데, 이는 김언에게 이 단위들은 수동의 상태에 정박될 줄 모르기 때문이다. 낱말들이 조직해내는 말의 지형(configuration) 전반, 그러니까 '언술(discours)'의 최소 단위를 김언은 '문장'이라고 부른다. 이 사실을 기억하도록 하자. 시집은 이렇게 다양한 품사들이 뭉치를 구축하여 서로 어울려 움직이는 저 속성에 주목하고, 나아가 품사들이 문장을 이루고, 다시, 앞선 문장이 이후의 문장과 연접되는 과정, 그러니까 "그다음 문장"이 창출될 때까지 전개되는 운동의 실현에 바쳐진다. 그는 "부족한 단어를 끌어모아 발버둥"치는 문장들의 풍경을 펼쳐 보이고, 문장의 작용과 운동을 이룰 때 형성되는 특이점을 집요하게 파고든다. '문장의 운동'은, 문장의 속성과 특질, 활동의 메커니즘 전반을

4) 김언, 『모두가 움직인다』, 문학과지성사, 2013, 32~34쪽.

탐구하게 한 번 더 촉발했다는 점에서, 그의 이전 시집들과 마찬가지로, 또다시 전미래적 사유의 단면을 그대로 보여준다고 할 수 있다. 『너의 알다가도 모를 마음』에서 감행된 기이한 문장의 실험은 바로 여기서 착수된다.

이항-대립-분절

다음과 같은 물음은 벌써 던져졌다. 글은 누가 쓰는가? 과연 '자아' 글의 행방을 모두 관장하는가? 글은 오롯이 자아의 몫인가? 글이 글을 쓰는가? 문장은 어떻게 발생의 상태에 진입하는 것이며, 서로가 서로에 의지해서만 가능한 쓰는 주체의 자리를 만들어내는가? 단 하나라도 문장은 언술 속에서 '돌이킬 수 없음'을 전제한다. 문장의 '돌이킬 수 없음'은 언어가 비교적 간단한 원리에 의해 작동하기 때문에 갖게 되는 언어 자체의 한계인 동시에 언어 생성의 조건이기도 하다. 우선, 문장은 가로로, 대개는 왼쪽에서 오른쪽 방향으로 나열하는 방식으로 진행될 수밖에 없다. 마찬가지로 세상의 그 어떤 화자도 '이중분절(double articulation)'의 원리를 배반하고서는 말을 구사할 수 없다. 분절을 초월하는 언어적 소통은 가능하지 않으며, 분절을 통과하지 않고 전제되는 발화의 상태는, 어디서든, 어떤 형태로든, 존재하지 않는 것이다. 텔레파시의 형태가 아니라면, 모든 문장은 분절을 토대로 작동한다. 따라서 시간도 실상은 언어의 산물이다. 문장이 분절에 토대를 둔다는 것은 문장이 시간을 잡아먹으면서 발화의 영역에 진입한다는 것을 의미하기 때문이다. 분절이 제거된 말을 구사할 수 있다면, 당신은 그러니까 미래를 앞당겨볼 능력도 갖출 수 있게 되는 것이다. 시간은 언어의 두 가지 분절, 즉 음운 차원에서 행해지는 분절과 의미 차원에서 진행되는 분절의 산물이다. 김언은 음운이나 음절이 서로 짝으로 묶여 대립하고 긴장 상태에 접어들 때 발생하는 변별적 가치에 주목하며, 이러한 사실을 시에서 펼쳐낼 때, 문장의 다양한 속성 중 하나가 비로소 설명될 것이라는 사실에 무게를 두고서 제 시집을 연다.

칼맛을 아는 자와 살맛을 아는 자가 만나서 싸웠다. 한바탕 격전을 치르고 나서 칼맛을 아는 자가 말했다. 내 살을 남김없이 바쳐도 아깝지 않은 맛이야. 인정! 그러자 살맛을 안다는 자가 대꾸했다. 내 칼이 제대로 임자를 만났군. 그 맛에 푹 빠져서 나올 생각을 하지 않으니 말이야. 그는 살에 담긴 칼을 빼지 않고 돌아갔다. 살과 칼은 서로를 맞물고 놓지 않았다. 마치 천생연분인 것처럼 각자의 집을 허물고 한집에 붙어살았다. 칼집이 아니면 살집인 그 집에서.

—「칼맛과 살맛」 전문

낱말의 의미, 혹은 가치는, 그러니까 시라는 전체 언술 속에서 어떻게 결정되는가? 두 개의 짝처럼 구성된 "칼맛"과 "살맛"은 "맛"을 공유하는 동시에 "칼"과 "살", 보다 정확히 말하자면 'ㅋ'과 'ㅅ', 이 양자의 차이로 변별되는 팽팽한 긴장 속에서 의미를 취해온다. 문장의 비상한 속성은 낱말이 다른 낱말과 상호적인 관계 속에서 자신의 값을 결정한다는 사실을 드러낸다는 데 있다. 이 두 낱말은 모순되는 관계에 놓이는 것이 아니라, 'ㅋ'과 'ㅅ'의 차이로 지탱되는 구조적 보완의 관계를 맺는다. 김언은 이를 "살과 칼은 서로를 맞물고 놓지 않았다"라고 말한다. 문장을 구성하는 낱말들은 이항대립의 논리 속에서 서로 관계를 맺으며 그 관계 속에서 발생하는 차이를 통해서만 자신의 값을 결정한다는 사실이 여기서 드러난다. 이항대립의 긴장 속에서 "칼맛"과 "살맛"은 이렇게 "한바탕 격전을 치"른다. '칼'이 제 '맛'을 느끼려면, 그러니까 임자를 만나야 하는 것이다. 즉 '살'에 담겨야 한다. 또한 '살'이 제 '맛'의 주인이고자 할 때도 마찬가지다. 언술 속에서 낱말은 다른 낱말과의 화학작용을 통해서, 그러니까 음운상의 변별된 짝패처럼 작동하며 제 값을 부여받을 수밖에 없다. 낱말들이 모여 문장을 구성하지만, 낱말들의 단순한 합이 문장은 아니다. 문장 발생 원리 하나. 문장의 관점에서 낱말들은 오로지 화학 작용의 상태 속에서 존재하는 값의 체계일 뿐이다.

"둘 중 하나만 택하라는 말을 수도 없이 들었지만 그는 일관되게 제삼자였다"(「갑오징어와 을오징어」)라고 시인이 말하는 이유가 여기에 있다. 어떤 낱말이건, 맥락 속에서, 그러니까 "이쪽을 만나면 이쪽에서 저쪽을 만나면 저쪽에서 다른 말이 나오는 것을 부정"(같은 시)할 수 없다는 사실은 그에게 문장 생성의 원리 중 하나인 것이다. 시인은 언술 속에서 하나의 낱말이 그대로 반복되는 경우는 '없다'는 사실을 바로 이렇게 확인하며, 문장이란 낱말들을 모아 결속시키고 다져나가면서 낱말을 오로지 문장이라는 거대한 덩어리에 속한 부분의 값으로만 존재하게 만든다. 하나의 낱말은, 어떤 낱말과 함께 조합되느냐에 따라 자신의 값(value), 그러니까 고유한 의미를 달리 부여받을 수밖에 없다는 언어의 작동 원리를 확인하면서 시인은 문장이 이 낱말의 값을 주재하는 언술의 최소 단위라고 말한다. 낱말의 값은 그 낱말 밖에, 낱말의 저 어깨 너머에 자리한 나머지 낱말이 '결정'하는 것이며, 문장이라는 단위에 속할 때 비로소 낱말은 이항대립의 긴장을 통해 결속된 상태에서 각각 고유한 값을 부여받을 뿐이다. 문장 발생의 원리 둘. **문장이란 이항대립의 긴장을 통해 낱말을 작동케 하면서 사유의 단위를 구성해낸다.**

문장-역설-집합

문장은 자주 명제들로 구성되거나 명제들을 구성한다. 우리는 언술 내에서 이 명제들이 하나의 건축물처럼 인과성을 기반으로 한 문장들로 이루어진다고 여기며, 이러한 사실을 곧잘 믿는다. 이 믿음에는 언술을 구성하는 문장이 그 자체로 인격을 반영하거나 자아의 투영일 수 있다는 또다른 믿음이 깔려 있다.

> 저 안에 들어가면 죽기 전엔 나올 수가 없다. 죽기 전엔 나올 수가 없기 때문에 들어가는 걸 망설이는 사람도 한번 들어가면 도무지 나올 생각을 하지 않는다. 그는 죽어서야 나온다. 나온다는 생각도 없이 나오는 그가 사람으로 보이는가. 시체로 보이는가. 그는 개의치 않고 나온다. 때를 가리지 않고 나온다. 누구라도 나온다면 누구라도 들어가야 하는 곳에 자리가 있다. 자리는 비어 있다. 사람보다 오래가는 자리는 사람보다 오래 자리를 비워두지 않는다. 누구라도 가서 앉아야 한다. 죽을 때까지.
>
> —「격군」 전문

"저 안에 들어가면"은 가정하는 문장이다. 따라서 실현될 수도 있고(참인 명제), 그렇지 않을 수도 있는(거짓인 명제) 두 가지 수행을 전제한다. 따라서 이어지는 "죽기 전엔 나올 수가 없다"는 술부는 절반만이 수행이 가능한 명제라고 할 수 있다. 참일 확률은 절반이다. 이어지는 주부 "죽기 전엔 나올 수가 없기 때문에 들어가는 걸 망설이는 사람"은 재차 가정을 전제하므로, 참일 확률을 조금 더 잘라먹은 명제의 형태를 지닌다. 이후의 "한번 들어가면 도무지 나올 생각을 하지 않는다"는 술부는 따라서 수행될 확률이 현저히 적은 명제이며, 그러니까 "한번 들어가면"이라는 가정에 토대를 두기에, 이후의 술부 "도무지 나올 생각을 하지 않는다"를 수행되지 않을 확률이 가장 높은 명제로 만들어버린다. 문제는 이와 같은 문장의 구성이 논리적 역설을 보여주는 데 그치는 것이 아니라, 이 명제를 기술하는 게 누구인지에 관한 물음이 바로 이 논리적 역설에 기대어 효과적으로 촉발된다는 데 있다. 다시 살펴보자. 첫 문장 하나가 발생했다. 인용한 작품의 도입을 살펴보자.

> 저 안에 ①들어가면 ②죽기 전엔 나올 수가 없다. ②죽기 전엔 나올 수가 없기 때문에 ①들어가는 걸 망설이는 사람도 한번 ①들어가면 ③도무지 나올 생각을 하지 않는다.

①은 세 차례 ②는 두 차례 반복되었으며 ③은 반복의 결과를 통해 무언가 새로 '조합'되었다. 이러한 구성은 대관절 어떤 작용을 전제하는가? 첫 문장이 다음 문장을 도출시킨 것인가? 아니면 어떤 의도나 생각이 이런 문장들을 부려 생산한 것인가? 물음을 바꿔보자. 한 편의 시를 우리가 읽을 때, 우리에게 가장 먼저 당도하는 것은 무엇인가? 그것은 사고나 사상인가? 내용인가? 감동인가? 화자인가? 김언은

우선 문자가 당도하고, 이윽고 문자를 이어붙인 낱말이, 차후에 그것으로 조합된 문장이, 사고-사상-내용-감정-화자에 선행하여 우리에게 당도한다고 말한다. 다시 묻자. 읽는 독자에게 가장 먼저 당도하는 것은 그러니까 시인의 자아에서 흘러나온 의도 같은 것인가? 이러한 물음은 생각보다 중요하다. 김언이 문장과 문장의 발생 실험을 통해, 쓰는 주체와 읽는 주체의 전환을 실천하는 새로운 시적 가능성을 타진하고 있기 때문이다. 그는 시라는 미지, 그것은, 무엇보다도 문장이 앞서 우리에게 당도한 후, 후차적으로 불러일으킬 모종의 충격이자 문장과 문장이 연결되고 변형되면서 발생하는 사태일 수 있다고 말한다. 그는 이렇게 '말하는 곳에 내가 있다'는 테제에서 한 걸음을 더 나아가, 문장이 촉발된 다음에야 후차적으로 당도하는 사유의 자락을 겨우 움켜쥘 수 있을 뿐이거나, 어쩌면 이도 불가능할지도 모른다고 말하면서, 시에 관한 통념과 시의 기저, 시의 요체를 뒤흔든다. 중요한 것은 김언이 문장을 '집합'처럼 구성한다는 데도 있다. 그는 의미의 층위를 구분하고, 앞선 집합에 포함되어 있던 공통어가 그 집합을 벗어나 또다른 층위에서 새로운 의미를 발생시키는 과정을 구성해낸다. 문장 발생의 원리 셋. **앞선 문장에서 발생한 것들 중 일부는 다음 문장으로 이어지면서 다른 요소들과 결합할 때, 의미의 층위가 이동되거나 새롭게 열린다.**

따라서 의미심장한 것은 우리가 인용한 문장 다음에 발생한 "그는 죽어서야 나온다"라는 대목이다. "그"는 이전의 문장에서는 발생하지 않았다. "죽어서야"는 앞의 문장이 발생시킨 것이다. 이 둘은 화학 반응을 일으킨다. "그"는 따라서 단순한 인칭대명사라기보다 앞의 문장이 발생시킨 '죽음'을 수행하는 주체이자 앞의 문장을 연결하면서 새로운 의미의 층위를 구성해내는 수행자다. 다시 한번 따져보자. "그" 이전의 문장들은 무엇을 발생시켰는가? 문장이 꼬리에 꼬리를 물고 자동적인 방식으로 죽음의 가정을 수행하는 "사람"을 발생시켰다. 이어서 당도한 "그"는 따라서 앞의 저 문장들의 타래가 발생시킨 연쇄들을 통째로 받아내며 마치 이를 하나의 단위처럼 수행하게 만드는 대명사로 기능하면서 어느새 완전히 다른 차원의 언술을 열어 보인다.

따라서 "그"는 오히려 '시적 언술' 그 자체와 같은 것이라고 말할 수도 있을 것이다. 시는 이렇게 "죽어서야 나온다"는 것일까? 그렇다면 어떤 죽음이 가정되어야 하는 것이며, 가정이 역설 속에서 얼마나 반복되어야 과연 "그"가 발생한다는 것일까? 자아에 기반한 사고나 사상, 감정이나 판단, 슬픔과 기쁨처럼 "들어가면 도무지 나올 생각을 하지 않는" 것들이 모조리 "죽어서야", 그런 다음에야 비로소, 그러니까 역설적으로 "그"가 빠져나온다는 말인가? 의도나 의지의 개입 없이, 문장이 스스로 다음 문장으로 향하는 연결고리를 찾아내어 이행을 감행할 때, 사유나 경험, 현실이나 일상이 모조리 소거된 상태에서 솟아나는 것은 무엇인가? 우리는 "그"를 사람, 즉 자아가 저 목줄을 쥔, 그 무슨 일인칭

서술의 주인이 아니라, "개의치 않고" 발생한 문장이자, 문장과 문장이 꼬리를 이어가며 쓰는 주체가 되어 스스로 변형되면서 스스로 발생시킨 무엇이라고 말해야 한다. 비교적 짧다고 해야 할 이 작품에는 시집 전반에서 실천의 반열에 오른 김언의 실험이 압축적으로 녹아 있다. 문장 발생의 원리 넷. **문장은 스스로 연결고리를 찾아 자아가 관장하는 모든 것을 지워낸 토대 위에서, 새로운 쓰기의 주체를 고안한다.**

> 물방울 하나가 떨어져서 옷이 젖었다. 너무 예민한 사람은 다 젖어버린 옷을 들고 세탁소로 찾아간다. 이걸 어찌하나요? 세탁소 주인은 예의 그렇듯이 무덤덤하게 반응할 것이다. 하루면 됩니다. 내일 오시죠. 너무 예민한 사람은 내일 찾아가서 세탁을 끝내고 말끔하게 다려놓은 옷을 찾아올 것이다. 다행히도 내일의 날씨는 맑다. 지나치게 맑다. 지나치게 맑고 화창해서 햇빛이 금방이라도 후드득 떨어질 듯하다. 금방이라도 색이 바랠 것 같은 옷을 들고 한 사람이 걸어간다. 한 사람이 걸어오고 있다. 털끝 하나라도 건드리면 안 되는 사람이 걸어오고 있다.
>
> 그를 어떻게 지나쳐야 할까?
>
> —「예민한 사람」 전문

문장은 자아나 의도, 사고나 생각에 앞서, 자동적인 힘으로 자기 증식을 통해 스스로를 굴리며 시를 생성해내는 곳으로 달음질을 친다. 문장이 문장을 발생시키는 과정 자체를 실험하는 진술들로 가득한 그의 시는, 결코 쓰는 주체의 자리를 비워두지 않는다. 특수한 시제를 주조해내는 것도 자아가 아니라 차라리 문장이다. 모든 구절이 서로 경쟁을 하듯 언술 안에서 포화의 상태가 되어 흘러넘친다. "젖었다" "너무 예민한 사람" "세탁"이 변형의 핵으로 기능하며, 이로 연관된 문장들을 이끌고 또다른 문장들을 계속 발생시킨다. 시제는 이때, 무시되는 것이 아니라, 차라리 문장의 힘에 압도되어 역설에 빠진 채, 자아 소유의 저 인과나 추론의 기대치와 조금씩 마찰을 일으키고 점차 갈등의 목소리를 고조시켜간다.

> 다행히도 내일의 날씨는 ①맑다. ②〔지나치게 ①맑다〕. ②〔지나치게 맑고〕 화창해서 햇빛이 ③금방이라도 후드득 떨어질 듯하다. ③ 금방이라도 색이 바랠 것 같은 옷을 들고 ⑤〔④한 사람이 걸어간다〕. ⑤〔④한 사람이 걸어오고 있다.〕

반복한다. 앞선 문장이 이후 문장을 발생시킨다. '내일의 날씨가 맑다'는 것은 일기예보 같은 말을 옮겨놓은 것이다. 문제는 이 문장의 꼬리를 이어가며 이후에 발생시킨 "맑다" 처럼, 문장은 지속적으로 생성되고 변형("지나치게 맑다" 에서 "지나치게 맑고"로 이어지는)되면서, 낱말이 상이한

맥락 속에서 활용되는 과정(언어학에서 '굴절inflection'이라 부르는, 즉 단어를 변화시키는 과정)을 통해, 결과적으로 "금방이라도 후드득 떨어질 듯하다"와 같은 연결어를 불러내었다는 데 있다. ⑤의 경우, '가다'와 '오다'의 이항대립의 원리에 기대어 하나의 문장이 다른 문장을 자신의 짝처럼 백지 위로 호출한 것이다. 아직 실현되지 않은, 어쩌면 현실에서 결코 실현되지 않을 시간이, 문장과 문장의 변형을 통해 시에서 가능성의 영역 안으로 포섭된다. 문장 발생의 원리 다섯. **문장은 발생의 수행 상태 속에서 시간에 주관성의 무늬를 입힌다.**

문장과 문장 사이의 다소 '엉뚱한' 인과관계와 주관적인 시간은 그러니까 자아가 작성한 글이라는 관점에서만 '엉뚱하고 주관적인', 그런 이유에서만 언급될 일종의 '낯섦'일 뿐이다. 문장이 문장의 주어가 되고, 문장이 제 조각을 들고 술어를 완성해가는 이와 같은 실험은, 각각 부분의 연결만으로는 문장의 구동 방식이나 언술 전체에서 발생하는 의미를 가름할 수 없는 연어(連語) 실험이나 단어의 차원에서 조작되는 말놀이나 그 표현의 유희와 같은 것이 아니다. 문장에서 문장으로의 이행 과정에서 발생할 수 있는 변이들을 연속성 속에 풀어놓으며 언술을 완성하려는 이 작업은, 오히려 '저자의 지배'에서 벗어나 '독자의 읽기'라는 새로운 해방의 공간에 시의 생존, 혹은 그 가능성을 위탁하려 한다는 사실을 감추지 않는다는 점에서, 시에 대한 근본적인 관점의 이전과 이탈을 도모하는 도전이라고 해야 할지도 모른다. 문장 발생의 원리 여섯. 저자의 지위와 권위를 탈각할 때 문장과 문장의 조합으로 구성된 언술은 독자를 만난다.

문장-자아-생각

문장과 자아. 나란히 붙여놓으면 여전히 낯설기만 한 이 두 낱말이 서로를 훔칠 듯, 탐욕스러운 눈빛으로 서로를 넘보기 시작한다. 문장이 자의식의 주체일 수 있다는 말을 당신은 들어본 적이 있는가? 이 문장과 결합하면서 구축되는 언술은 '사고'의 결과인가? 사고가 언어의 산물인가? 생각이 투척하는 문장인가? 문장이 발생시키는 생각인가?

무엇이든 생각하는 사람이 있어야겠지만 아무도 생각하는 사람이 없다. 생각을 옮기는 사람은 있다. 옮긴 생각을 다시 옮기는 사람은 있다. 생각은 와전된다. 생각도 없이 걸려든 소문에 내가 있거나 네가 있거나 누가 있거나 상관없이 생각은 커진다. 아무도 생각하는 사람이 없는데 그 말조차 의심하는 사람도 없는데 생각이 커진다. 아주 큰 생각이 도시를 덮었다. 아주 큰 도시를 덮었다. 아주 작은 마을은 거론조차 하지 않는 생각. 생각조차 하지 않는 생각은 그보다 더 작은 마을에서 마을로 생각을 옮겨다닌다. 생각은 이제 생각이 미치지 않는 곳까지 생각을 미쳐서 퍼뜨린다. 생각에 넘어가지 않는 사람이 누구인가. 어디 있는가. 어디 숨어서 무슨 생각을 하고 있는가. 그걸 색출하기 위해서라도 생각은 구름처럼 몰려가서 비를 뿌리고 어디 한군데 스미지 않는 곳이 없나 한번 더 살피면서 물기를 남기고 물길을 만들고 습기도 담뿍 먹여놓고 돌아온다. 그곳은 생각이 점령한 곳이다. 그 마을은 생각이 짓밟고 간 마을이다. 그 도시는 온통 생각으로 파괴되었다가 다시 일어서기를 몇천 년째 반복하고 있다. (……) 생각은 생각 앞에서 연설한다. 자신의 생각을. 그리고 모두의 생각을 마치 한 사람의 생각처럼 똘똘 뭉쳐서 선언한다. 우리는 하나라고. 하나의 생각 앞에서 다른 생각에 몰두하는 다른 모두의 생각까지 아울러서 생각은 빛난다. 생각은 하나다. 국가가 둘이 아닌 것처럼. 둘로 쪼개지면 곧 하나의 생각으로 싸워야 하는 것처럼. 그 생각이 그 생각의 피를 부르기 전에 우리는 생각한다. 생각하는 사람이 여기 있다고. 생각하는 사람이 저기에도 있다고. 아니면 어디에도 없는 그 생각이 어디에서 나고 자라고 뿌리를 내리겠느냐고. 생각은 여기 있다. 이것이 바로 짐이라고.

—「생각하는 사람」 부분

김언은 꼬리에 꼬리를 물고 그칠 줄 모르는 '생각'의 파시즘을 문장의 변형을 통해 삶의 곳곳에 퍼트린다. "생각이 미치지 않는 곳까지 생각이 미쳐서 퍼뜨"리는 것이라면, '생각'을 벗어나 존재할 수 있는 삶은 사실상 없는 것이나 마찬가지이다. '생각'이 지배하지 않는 장소, '생각'을 벗어난 공간도 존재하지 않을 것이다. '생각'은 어느 순간이건, 어디에서건 불사조처럼 사멸할 줄을 모른다. '생각'은 '생각'이라는 명사 하나를 분신처럼 퍼뜨리는, 그러니까 항상 또다른 '생각'의 '생각들'이면서 동시에 이 모든 '생각들'의 중심을 자처하는 집요한 '생각'이기도 하다. '생각'은 따라서 행동한다. '생각'은 비슷한 '생각'을 바탕으로 '생각'이 될 규칙을 발안하여, 법이나 질서와 같은 '생각'의 산물들을 잘도 만들어낸다. 어쩌면 '생각'이 법이나 질서 자체일 수도 있다. '생각'은 항상 '생각' 앞에 서거나 '생각' 뒤에 자리를 차지하고 있는 고유하다 할 모종의 질서이며, 한 번 이상 내뱉는다는 '생각'으로 빚어낸 연설이자 이 연설에 대한 '생각'이며, 다른 '생각들'을 잘라먹고 뭉치고 흩어지기를 반복하는 '생각'이자, 하나를 지향하는 선언이며, 선언을 실현하는 '생각'이자, 지워내려 해도, 꼬리에 꼬리를 물고 자기증식을 하는 '생각'이며, 그렇게 불어나고 복제되는 괴물이자 괴물이라는 '생각' 자체인 것이다. 생각은 자기-지시적이며 자기-집중적이며, 의식과 세계, 말과 사물에도 편재한다. '생각'은 모든 것에 선행하면서 온갖 후행의 결과물이다. 그러나 생각이 결국 "생각이 미치지 않는 곳까지 생각을 미쳐서 퍼뜨린다"는 문장에 의해서만 자신의 특성과

추이를 나타내고 제 양상과 권력을 표방할 수 있다면, 과연 '생각'이 우선인가? 문장이 '생각'의 선결 조건인가? 문장 발생과 연관된 물음이 이렇게 주어졌다. 뫼비우스의 띠처럼 돌고 도는 '생각'과 이 뫼비우스의 띠 자체인 문장의 관계는 선후를 따질 수 있는 성질의 것이 아닐지도 모른다. '생각'은, 문장에 의해, 문장을 통해서만, 제 존재 양식을 발견할 수 있지만, 문장은 '생각'에 의해 점령당하면 제 힘을 잃거나, 틀에 갇히거나, 무언가에 골몰한다. '생각'은 오히려 '문장'의 걸음과 '문장'의 결속을 둔하게 만들거나, 그 변형을 방해하는 무거운 "짐"일 수도 있다. '생각'은 결국 자아의 산물, 의도의 소산, 의지의 적재이기 때문이다. 문장 발생의 원리 일곱. **생각은 끊임없이 세계를 규정하며, 이러한 사실조차 문장에 의해, 문장의 연쇄를 통해서만 드러난다.**

내 옆에 누군가 있다는 생각도 관계. 내 곁에 나도 모르는 누군가가 쉬고 있다는 생각도 일종의 관계. 그래서 생각을 지운다. 생각을 지우기 위해 나를 지워야 하는 것. 그것이 혼자 있기의 정수. 혼자 있기의 진실. 혼자 있기의 불가능한 실현을 돕기 위하여 죽음이 있고 자살이 있고 때로는 타살도 필요하다. 그렇게도 혼자 있고 싶어했으니 누군가라도 도와줘야 한다. 혼자 있도록 영원히 그리고 완전무결하게 혼자 있는 상태를 실현하도록 도와주는 죽음. 누가 관여했건 무엇이 원인이 되었건 어떤 사건이 발단이 되었건 상관없이 결과적으로 아무도 없는 죽음이 혼자 있는 나를 돕는다. 결정적으로 돕는다. 혼자 있는지도 모르는 나를 실현한다. 아무도 없는 곳에서 나는 혼자 있다. 누구도 없는 곳에서 너도 혼자 있다. 둘은 만나봐야 서로를 알아보지 못한다. 각자를 생각하지도 못한다. 각자의 생각조차 씨가 마른 곳에서 아무도 없는 몸이 태어난다. 혼자 있는 생각이 만개한다.

—「혼자 있는 사람과 아무도 없는 사람」 부분

김언의 시에서 죽음은 자아의 흔적과 의도의 무늬들, 주관하고 관장하고 주재하려는 사유의 관성 전반을 지워내는 일련의 행위와 맞닿아 있다. 죽음은 자아의 죽음, 환상의 죽음, 의도의 죽음, 조작의 죽음, 생각의 죽음이다. '혼자'는 '고독'과 서로 교환되지 않는다. 죽음은 혼자의 상태에 도달할 가능성이며, "각자의 생각조차 씨가 마른 곳에서 아무도 없는 몸이 태어"날 상태, 즉 문장과 문장의 생성에 오롯이 글의 지위를 일임할 선결 조건이다. 그러나 '생각'은 또한 집요해서, 매번, 모든 것을 자신의 결과물로 치환하기에, '벗어날 수 없음'을 제 성질로 삼는다. 문장을 기술하는 매 순간 "만개"하는 속성을 바탕으로 '생각'은 편재하기 때문이다. 생각하는 주체, 그는 "울음보다 먼저 생각이 고이고 생각보다 무거워진 대가리를 치켜들고 한 손에는 흉기를 집어들고 마침내 일어선다."(「직립」) 이렇게 우리는 '생각'의 산물이며,

'생각'을 토대로 문명을 일구어왔으며, '생각'에서 벗어날 수 없다. 이 모든 '생각'이 자아의 산물이자 자아를 주재하고 또한 표출하기 때문이다. '생각'은 자아를 지워낼 때에야 비로소 문장에게 주체의 자리를 넘겨주는 것이며, 문장을 구성하고 있는 연쇄와 문장을 발생시키는 사태가 이때 주체의 자리를 넘겨받는다. 따라서 시에서 표출된, 저 홀로 선다는 것, 그러려고 관계를 끊는다는 것은, 인간관계의 고립이 아니라, 문장과 문장의 변형, 문장을 발생시키는 힘으로 글의 주체를 모색해나가기 위한 조건을 만들어낸다는 것을 의미한다. 문장 발생의 원리 여덟. **자아를 죽이는 순간, '생각'이나 '환상' 너머로 문장이 고유한 힘을 뿜어내고 내달리기 시작한다.**

> 환상이 되어가는 소리이거나 환상이 되어버린 소리이거나 환상이 되지 않으면 다른 환상이라도 해보라고 권유하는 목소리. 환상의 본분에 충실한 그 소리는 환상은 끝이 없다는 소리와 다를 바 없이 집요하고 끈질기다. 그 소리는 끝나지가 않는다. 끝날 줄을 모른다. 끝난다면 환상이 아니므로 환상의 나라는 오늘도 내일도 계속해서 전화를 걸 것이다. 새로 나온 환상 하나를 소개할 것이다. 방금 나온 따끈따끈한 환상 하나를 권유할 것이다. 때로는 차분하게 때로는 간곡하게 때로는 목청을 높여가며 내 귀에 꼭꼭 심어주는 환상의 품목들을 나는 들을 만큼 들었다.
>
> —「환상의 나라」 부분

문장이 곧바로 행동이 되는 연습, 그것이 내게 필요한 선택이고 그가 따라야 할 운명처럼 보였다. (……) 처음 생각해낸 단어가 그대로 돌아온다는 것. 아무런 의심도 없이 단어가 만들어낸 그 상상을 더는 상상하지 않고 기억하듯이 말해야 한다.

—「동반자」 부분

'환상'이나 '상상'은 무언가에 의해 조종되어 반복하는 구태의연한 목소리에 갇힌다. 생각-이성/상상-감성, 이 모두를 자아에 의한 것이라고 말하며, 김언은 문장과 문장의 연쇄에 의해 발생한 힘으로 재차 뻗어나가는 문장들, 그 집합인 언술이 우리의 감정과 느낌을 주재하는 것이지, 언술과 별개로 존재하는 감정과 느낌이 문장이라는 단순하고도 이차원적인 표현 수단에 기대어 표출되는 것이 아니라고 말한다. "모르니까 쓴다"(「진짜 시인」)나 "그도 모르고 썼을 것이다"(「정가」)라는 저 말은 오로지 문장이 발생시킨 것들을 이어가며 언술의 경로를 구축하는 원리 자체를 추적하는 일로, 그 원리 자체를 고안하는 일로, 김언이 '쓰는 주체'를 탐구한다는 사실을 알려준다. 이러한 관점에서 시집을 읽을 때, 우리는 김언의 시 한 편 한 편이 잘 짜인 문장들의 직물이자 낱말, 통사 구, 문장들이 서로 연쇄를 이루면서 결국 자율적이라고 말할 수밖에 없는 상태에서 발생된 집산이자 그 이합, 즉 운동처럼 구성되었다는 사실을 알게 될 것이다. 지금-여기의 시간과 사건은 당도하지 않은 문장들이, 아직 발생시키지 않아 유보한 시간과 사건, 그러니까 문장과 문장이 덧대며 서로 의지하는 힘을 움켜쥐고 있는 미지의 시간들이자 사건들인 것이다.

그것은 그러니까, 자아가 사형을 언도받은 순간, 생각이 길게 제 목을 내리 빼고, 칼날이 내려오기만을 기다리는 초조한 발화의 시간들이며, 당도하지 않는 문장을 연쇄로 일깨우고 앞과 뒤의 문장을 다독거리고 서로의 연결고리를 고안해내면서, 재차 발생시키기를 거듭한 문장들의 끝 간 지점을 실험하는 사건들이다. 주제와 의도와 자아로 구축된 글의 타임라인은 이렇게 문장들이 발생시킨 주관성의 시간들로 채워질 사태일 뿐이며, 주제와 의도와 자아가 토해낸 절망과 방황과 죽음의 서사들은 문장이 문장을 발생시키면서 매만질 시험의 추체험이자, 문장들의 연쇄로 모색되는 주체의 순간들을 고안하기 위해 쏘아 올릴 실행 그 자체일 뿐이다. 그의 시는 문장과 함께, 문장의 연쇄로, 연쇄를 고안하며 문장을 발생시키는 힘으로, 문법-자아-의미의 한계를 넘어, 새로운 영역으로 진입한다. 그에게 문장은 "무한한 창조물, 한계 없는 변화"이자 "활동중인 언어의 삶 그 자체"[5]인 것이다.

---

5) Emile Benveniste, *op.cit.*, p.129.

주체-고안-발생

'글이 글을 쓰게 하려는' 모험, 그러니까 문장에서 문장으로 이행하는 과정을, 단순한 유희에 붙잡히지 않고, 성실하게 성취하려는 김언의 시도는 과거 문학들의 저 지배하려는 의지가 현실에 눌어붙어 관습이 되어가는 모습을 경계하는 맥락 속에서, 지금-여기 첨예한 실험처럼 우리에게 당도하였다. 어쩌면 그의 실험은 간혹 교훈서나 지침서, 보고서나 영웅담, 감정의 발화처럼 구성되어왔던 시에 대한 '역쇼트'의 한 장면을 다시 한번 펼쳐내려는 듯 보이기도 한다. 하지만 김언의 시도는 이러한 사실을 염두에 둔다고 해도, 쓰는 주체에 대한 물음과 새로운 가능성에 대한 질문을 본격적으로 궤도 위에 올려놓았다는 점에서 다소 충격으로 다가올 것이다.

나는 그 책임에서 자유로울 수 없다. 자유로울 수 없기 때문에 핀셋 하나가 초래하는 사소하거나 엄청날 수도 있는 사태의 추이를 끝까지 관망하고 있다. 방치는 아니다. 나는 방치를 모르는 인간이다. 나 또한 그렇게 교육받은 누군가의 결과물이며 누군가의 원인이 되려고 한다. 의도와 상관없이 나는 원인이 되었다. 의도와 상관없이 나는 말하고 있고 듣고 있고 오해하고 있고 의도와 상관없이 이해의 단서를 제공한다. 아무 단서 없이 퇴장하더라도 그리 놀랄 것 없는 등장인물이 또한 나다. 등장인물이 못 되더라도 나다. 내가 쓰는 소설에서 내가 등장하지 않는 소설을 쓰는 것도 나다. 불가능한 것을 불가능하지 않게 말하는 것도 나다. 내가 문제다. 내가 문제니까 나는 사라지지 않는다. 나라는 말만 쏙 빼먹고 사라지는 내가 얄밉기는 마찬가지인 너도 그래서 있다. 사라지지 않고 있다.

—「내가 등장하지 않는 소설」 부분

아무도 장화를 막을 수 없다. 어떤 작가의 어떤 문장도 막을 수 없는 그곳에서 장화는 떠나고 있다. 두 번 다시 장화는 떠날 수 없다고 써놓은 문장도 바로 다음 문장에서 포기하고 떠난다. 장화는 내 것이 아니다. 장화는 누구의 것도 아니다.

—「장화 신고 묘지 가기」 부분

과연, 누가 쓰는가? 문장이 문장을 발생시키며 뭉치와 다발처럼 이어지는 과정에 '나'는 배제되어 있는가? 문장에 행동을 부여하는 힘을 우리는 여기서 '주체'라고 부를 수 있을 것이다. 이 주체는 일인칭 단수의 '나'와 어떻게 다른 것일까? 벤브니스트는 고립된 개인이 스스로 주체로 구성되는 것은 "언어 내에서 그리고 언어에 의해"라며 그 이유를 "오직 언어만이 현실 속에서, 존재의 현실인 자신의 현실 속에서 '자아' 개념을 정립"하기 때문이라고 말한다. '주체'[6]

가 항상 공동체적이면서 개인적인 것은 언어 내에서 그리고 언어에 의해 정립되는 주체이기 때문이다. "내가 쓰는 소설에서 내가 등장하지 않는 소설을 쓰는 것도 나"라는 사실은 바로 쓰는 주체, 시적 주체가 '문장 안에서, 문장에 의해', 그 연쇄의 발생을 주관하고 여기서 주관성의 최대치를 실현한 언술을 조직해내는 주체라는 사실을 말해준다. 그러니까 '자아'가 주체로 구성되거나 주체의 자리를 타진하는 것은 '문장 안에서, 문장에 의해' 가능하리라는 것이다. "불가능한 것을 불가능하지 않게 말하는 것"은 따라서 "나", 즉 주체, 그러니까 '문장 안에서, 문장에 의해' 타진되는 언술의

6) '주체'나 '주제' '테마' 등으로 번역될 'sujet'는 '아래로 던지다'를 뜻하는 라틴어 'subjectum'에서 연원하였다. '~에 종속된, 복종한 무엇' '어떤 사물의 작용이나 어떤 행동의 주(主)가 되는 것'을 의미한다. 그리스어로 'sujet'를 뜻하는 'hupokeiménon'에 대해, 아리스토텔레스는 '현실화되는 형태를 허용하는 방식'이라고 정의한 바 있다. 'sujet'는, 어원에 의거할 때, '무엇 아래에 자리잡은 것'이며, '그 아래에서, 복종에서 지배로 미끄러지는 행위' 또는, '처해 있는 관점과 토대에 의거해, 사물에서 자아로 미끄러지는 행위'를 의미한다. (C. Godin, *Dictionnaire de philosophie*, fayard, 2004, p. 1272.) 'sujet'가 '주제'(토론의 주제, 즉 토론에서 중심이 되는 무엇), '주어'(문장의 주어), '테마'나 '모티브'(주어진 재료나 대상, 작품 등에서 주가 되는 것) 등으로 번역되는 것은 바로 어원 때문이다. '주체'로 번역할 때, '주가 되는 것' '복종하는 것' '따르는 것' '만들어내는 것'이라는, 가장 오롯한 의미가 남겨진다. 다시 말해, 주체는 무언가를(가) 만들어내는(지는) 힘, 무언가를(가) 따르게 하는(되는) 힘을 뜻한다. 시적 주체/시의 주체는 무엇인가? 시를(가) 만들어내는(지는) 힘, 시를(가) 고안하는(되는) 힘, 그러니까 역사 속에서 (언어 안에서, 언어를 통해) 시를 고안하고 생성해내는 동력이 시적 주체가 아니라면 무엇이 시적 주체란 말인가.

활동 그 자체인 것이다. 시는 주관성이 최대한 적재된 언어의 화자를 부려 성립하는 주체, 그 문제를 타진한다. 주체는 사라지지 않는다. 쓰는 주체는 일인칭 나, 즉 화자나 자아에 귀속되지 않으며("장화는 내 것이 아니다."), 문장과 문장의 연쇄를 가능하게 하는 힘 외에 그 누구도 알지 못한다("장화는 누구의 것도 아니다.")

> 시간을 보내면서 쓴다. 읽는 것을 포함해서도 쓴다. 쓰지 않는 것이 있다면 쓰지 않는 것을 쓰지 않기 위해서라도 쓴다. 모든 것이 쓰는 것의 방식으로 쓰이고 지워지고 다듬어지고 조정되고 또 건설된다.
>
> —「내가 등장하지 않는 소설」 부분

> 혈흔이 숨어 있다. 혈흔이 녹아서 흐르는 피의 냄새가 어떤 문장에서 난다면 그 문장은 이미 시의 문장이 될 가능성이 농후하다. 미리 격리시켜야 할 문장. 미리 격리시키거나 최대한 멀리 떨어뜨려놓아야 하는 문장. 아니면 아예 이 세상의 문장이 아닌 것으로 조치를 취해야 하는 문장. 가장 확실한 방식은 펄펄 끓는 문장들의 용광로 속에 집어넣고 형체도 없이 사라지게 만드는 것. (……) 혈흔의 영향력. 그리고 또 어떤 문장이 그 영향력에 푹 젖어서 혈흔을 묻히고 나올지 알 수 없는 곳에 어이없게도 시가 있다. 시는 어이없이 나와서 있다. 대체로 넋이 빠진 채

로 나와서 감식을 기다리고 있다.

—「문장 감식반」 부분

주체는 매번 '쓰기의 순간들'을 고안한다. 문장들이 충돌하며 빚어낸 이 순간들은 결코 현실의 시간에서 살아나 춤을 추지 못하는, 자아의 조정 아래 의도나 사유를 관철시키지 못하는 시적 순간들이다. 그렇게 해버리면 곧바로 달아나고 마는 기이하고도 신비로운 문장의 순간, 문장들이 서로 뭉치며 빚어낸 순간들이다. 그럴 수 있다는 실험 속에서, 지금-여기에서 아직 실현되지 않은 것의 지금-여기로의 도래를 꿈꿀 때만 가능한 순간들을 고안하려 김언은 문장을 발생시키고, 앞의 문장을 연결고리로 삼아, 젖어들고, 찾아들 또다른 문장들을 생성하며, 문장과 문장의 연속성을 통해 피워올린 시적 주관성으로 '나'를 활활 태운다. 바로 이러한 조건 속에서, 문장은 쓰는 주체의 고안에 바쳐진 정념이 된다.

김언의 시에서 문장은, 자아를 통해서라면, 생각에 의거해서라면, 아직 발화되지 않을 이야기들, 그리고 환상과 상상력에 의해서라면 결코 당도하지 않았을 사태로 가득하다. 그는 문장을 잘 구성된 공리처럼 부리고, 낱말을 이항대립의 원리로 구성된 역설의 피라미드처럼 조직해내면서, 연달아 생성되는 문장들의 연쇄로 고유한 기억을 움켜쥐고 이 세계에 주관성의 흔적들을 새겨넣는다. 그는 이렇게, 문장 생성의 힘을 쥐고 문장 발생의 자율적인 순간들을 공들여 매만지면서, 사유가 이지러지는 지역들을 과감히 통과하는 시집, 의식적 자아를 구축해내는 이성의 윤곽 전반을 아직 당도하지 않은 문장들로 가득한 잉크병에 담아, 다시 쏟아내 하나하나 조직해내면서, '쓰는 주체'와 '읽는 주체'의 가능성을 새로 타진하는 시집을 선보였다.

이 시집을 우리는 오로지 문장의 동력에 따라 빚어낸 한 편의 자율적인 이야기들의 모음집이자 문장이 주체가 되어 문장을 주재해나가는 이야기들, 자아-읽는 타자, 창작하는 의식-발생시키는 무의식 사이에 금 그어진 확고한 이분법의 이데올로기를 내치고자 감행한 모험 자체로 읽어야 할지도 모른다. 이렇게 김언은 이 세계에서 말해질 수 있는 가능성을 문장에 위탁하여, 아직 말해지지 않은 저 빈 곳을 메우고 또 채우는 일을 독자의 문장, 그러니까 독자의 몫으로 남겨놓는다. 과연 누가 쓰는가? 대관절 누가 읽는가? 우리는 말로 과연 무엇을 만들 수 있으며 또 무엇을 만들 수 없는가? 우리가 우리 자신의 언어를 부리는 주인이라는 생각, 자아가 바로 언어의 집행지라는 생각, 문장을 모두 장악하며 글을 쓸 수 있다는 관념, 그렇게 이 세계를 모두 점령할 수 있다는 믿음은, 과연 무엇을 은폐하는 것이며, 또 무엇을 보지 못하게 만드는 것인가? 문장을 지배하고 그 향방을 부려, 우리 고유의 의도를 관철시키면서 이 세계에 내려놓는다고 우리가 믿는 굳건한 주장과 견고한 관념과 확신에 찬 신념은 과연 무엇을 억압하는 것인가? 언어의 주인 자격으로 우리가 무언가를 새로이 창안해왔다고 믿어왔던 저 견고한 통념은 왜 온갖 종류의 이분법의 산물이자 하나가 하나를 지배하려는 이분법의 관성에 사로잡혀 있는가? 과연 어떤 형용사가 있어, 이 기이하고 낯선 '주체'라는 실사를 '문장 안에서, 문장에 의해' 보다 멋들어지게 수식할 수 있을 것인가? 김언의 시집을 읽으며 우리는 이러한 물음과 마주하고 이러한 물음으로 우리를 데려가는 문장의 주재자가 뿜어낸 더운 숨결을 느끼게 될 것이다.

김언 1998년 『시와사상』을 통해 등단했다. 시집으로 『숨쉬는 무덤』 『거인』 『소설을 쓰자』 『모두가 움직인다』 『한 문장』이 있다.

문학동네시인선 102
너의 알다가도 모를 마음

1판 1쇄 2018년 3월 28일
1판 5쇄 2021년 10월 20일

지은이 | 김언
책임편집 | 김민정
편집 | 김필균 도한나
디자인 | 수류산방(樹流山房)
본문 디자인 | 유현아
마케팅 | 정민호 이숙재 우상욱 정경주
홍보 | 김희숙 함유지 김현지 이소정 이미희
제작 | 강신은 김동욱 임현식
제작처 | 영신사

펴낸곳 | (주)문학동네
펴낸이 | 염현숙
출판등록 | 1993년 10월 22일 제406-2003-000045호
주소 | 10881 경기도 파주시 회동길 210
전자우편 | editor@munhak.com
대표전화 | 031) 955-8888 팩스 | 031) 955-8855
문의전화 | 031) 955-3578(마케팅), 031) 955-1920(편집)
문학동네카페 | http://cafe.naver.com/mhdn
북클럽문학동네 | http://bookclubmunhak.com

ISBN 978-89-546-5020-5 03810

* 이 도서의 국립중앙도서관 출판예정도서목록(CIP)은 서지정보유통지원시스템 홈페이지(http://seoji.nl.go.kr)와 국가자료공동목록시스템(http://www.nl.go.kr/kolisnet)에서 이용하실 수 있습니다. (CIP 제어번호 : CIP2018002571)

잘못된 책은 구입하신 서점에서 교환해드립니다.
기타 교환 문의: 031) 955-2661, 3580

www.munhak.com
문학동네